À mes enfants

Prologue

Il faut de bonnes raisons
pour se raconter...

Un instant d'hésitation, une voiture qui arrive en face. Ma fille aînée au volant semble ne pas voir qu'un drame est imminent. Je prends peur. Je crois voir la mort de près. Le destin est cruel : nous venons de nous retrouver après des années de séparation. Dans un instinct de survie, de mère, mes réflexes prennent le dessus. Je tire brusquement le frein à main, immobilisant notre voiture, et je crie « Attention ! » tout en maintenant fermement le volant pour éviter la collision. Ma fille sort de la voiture, furieuse et en pleurs. C'était la première fois que je lui hurlais dessus. Choquée, elle m'interroge :

—Pourquoi tu m'as crié dessus ?

Nous rentrons à la maison. Ces paroles sont injustes et infondées :

—Depuis que je suis arrivée, tu n'arrêtes pas de mal me parler. Je vois bien que je suis en trop. J'en ai marre d'être avec vous. De toute façon, je n'ai jamais été désirée. Pendant des années tu n'as pas été présente, tu ne t'es jamais comportée comme une maman. Tu n'as été que ma mère biologique !

Je trouve sa réaction injuste, mais je comprends qu'elle avait besoin d'éclater, de déverser sa colère, son incompréhension pour toutes ces années sans ma présence. Elle attendait de moi que j'accepte le rôle de mère indigne. Mais j'avais décidé de ne plus me rabaisser devant qui que ce soit, même ma propre fille. J'ai tenté de la raisonner, de lui expliquer qu'elle ne connaissait pas tous les faits, que son jugement était influencé par les interprétations des autres. Je voulais l'encourager à se forger sa propre opinion. Malheureusement, elle n'a pas voulu entendre mes arguments.

Elle a rassemblé ses affaires, et je ne l'ai plus jamais revue.

1

Sœur, c'est pour bientôt. La mère va partir. Je ne te force à rien mais c'est ta dernière chance de lui dire quelque chose... Elle a fait deux AVC, il ne lui reste que quelques heures...Tiens-moi au courant.

À seize heures, quand je reçois ce texto de mon frère Loïc, je suis devant mon ordinateur, distraite par les fantaisies de ma collègue Sandra avec son éternelle humeur enjouée. Elle porte une tenue rouge et bleue ornée de petits pois mêlés avec des rayures. J'ai toujours aimé ces personnes un peu excentriques avec ce petit grain de folie. La diversité peut nous ouvrir à un monde bien plus réjouissant.

Mais à la lecture de ces quelques mots sur mon smartphone, je plonge brusquement dans mon passé et mon cœur se met à battre la chamade. Ce message me paraît dingue. Deux AVC ? Et je ne l'apprends que maintenant ! Je n'arrive pas à y croire. Je m'empresse de répondre :

C'est sérieux ? Elle a fait deux AVC ???

La réponse de mon frère finit par me convaincre :

Oui oui c'est vrai, dépêche-toi, prends une décision, c'est maintenant ou jamais.

Complètement abasourdie, je ressens des douleurs dans le bas du ventre. J'ai l'impression que l'on m'a asséné un violent coup de poing. Je manque d'oxygène, je cherche mon souffle. Je tente désespérément de retrouver mes esprits.

Soudain je m'adresse à ma collègue sur un ton désespéré :

—Faut que je parte, ma mère est en train de mourir !

Aussitôt j'appelle mon patron pour le prévenir que je quitte mon poste. Lui, bien entendu, ne veut pas. Mais je ne lui laisse pas le choix. Sans un au revoir, je quitte le bureau précipitamment.

Fabrice, mon mari, est à son travail et il ne peut pas prendre de congé. À la hâte, je laisse le soin à ma belle-sœur de prendre en charge mes deux derniers enfants de six et neuf ans. Il est environ dix-neuf heures trente. J'ai le ventre vide et n'ai même pas ne serait-ce qu'une bouteille d'eau dans mon sac. Il y a plus de quatre heures de route.

Jamais un trajet ne m'a paru aussi long et angoissant. À mesure que j'avance, en moi se bousculent une multitude de questions. J'ai peur, je suis terrorisée à l'idée de ce qui pourrait se produire à mon arrivée à l'hôpital. Ça fait maintenant huit ans que je n'ai pas vu ma famille. J'ai tiré un trait sur ce passé, et pourtant je fonce pour être au chevet de ma mère. Je n'ai aucune idée de l'accueil que l'on va me réserver. Va-t-on me permettre de l'approcher ? J'ai besoin de lui parler une dernière fois. Mon frère a raison : si je n'y vais pas, je vais le regretter tout le reste de ma vie. Même si elle ne m'a jamais pardonné, j'en ai besoin : il faut que je puisse la regarder dans les yeux pour, peut-être, trouver la vérité. Dans ses derniers instants de vie, il me faut comprendre dans son regard ce que je représente pour elle. Mais va-t-elle accepter de me voir ? Plus que des paroles, j'ai besoin de ressentir ce qui se dégage d'elle. Ne suis-je plus personne pour elle ou suis-je encore sa fille ? Je ne m'attends pas à entendre des mots ; de toute façon, vu les circonstances, il est trop tard. Mais pour moi, elle ne trichera pas. Je me rassure en me disant que certaines personnes, dans leur dernier souffle de vie, expriment leur réel sentiment. À l'approche de la mort, il est impossible de mentir. Je m'accroche à cette idée ! Le simple fait qu'elle ne me rejette pas me suffira, je me dirai : « Elle m'a quand même aimée. » Sinon elle quittera ce monde et je resterai à jamais marquée par le fait que je n'ai jamais eu de place dans son cœur !…

Je roule depuis deux heures et commence à ressentir de drôles de sensations, qui alternent entre le chaud et le froid. Régulièrement, j'appelle Loïc pour m'assurer que ma mère est encore de ce monde. Les dernières nouvelles ne sont pas rassurantes :

—Dépêche-toi, le médecin n'est pas très optimiste, son cœur s'affaiblit d'heure en heure, elle ne va pas tenir encore très longtemps.

Assoiffée, éreintée par trop d'émotions, je me gare sur le bas-côté de cette départementale dans un coin un peu isolé. La nuit commence à tomber. Dans la voiture, je fouille désespérément à la recherche d'un bonbon que mes enfants auraient pu égarer. Je sens que je perds mes moyens, j'ai la tête qui tourne de plus en plus.

Je sors de la voiture pour prendre l'air. Je suis à bout de forces. J'ai l'idée d'arrêter une voiture. L'homme baisse sa vitre et je lui demande s'il n'a pas quelque chose à grignoter pour atténuer mon malaise. Mais je n'arrive pas à me faire comprendre. Je bafouille. Je dois avoir une sale tête. La nuit est tombée et le conducteur prend peur. Il ne me répond pas et donne un coup d'accélérateur.

Je reste hébétée au bord de cette route. Je me sens perdue. Je titube. C'est comme si dans mon esprit, un quarante-cinq tours passait en mode trente-trois tours. Tout est flou, tout est au ralenti. J'ai trop puisé dans mes réserves, mon corps me joue un mauvais tour. Dans mon délire, je me dis que je ne mérite peut-être pas d'arriver à temps, car depuis toutes ces années je n'ai jamais été fichue de revenir vers elle ! Je suis tout de même coupable de quelque chose. De toute façon, par amour-propre, elle n'aurait jamais renié ses choix, elle qui pensait toujours avoir raison. Cela aurait été rabaissant d'aller vers l'autre en disant : « Tu n'as peut-être pas tort. » Et moi… moi qui étais tellement sûre d'avoir toujours été plus forte et plus intelligente qu'elle. Finalement, je lui reproche d'être exactement ce que je suis quelquefois. Peut-être sommes-nous pareilles, trop orgueilleuses dans certaines situations ? Pourquoi n'ai-je pas fait les premiers pas vers elle ?

Nous avons perdu tant d'années à nous détester, au point parfois de ne plus nous rappeler pourquoi exactement, ni même si cela a encore un sens.

Péniblement, je retourne vers ma voiture. Une fois installée, je ferme les yeux pour réunir mes forces. Mais je m'endors sans même m'en rendre compte. En sursaut, je me réveille et j'appelle pour la énième fois mon frère.

Aujourd'hui, je pense que, si elle avait rendu l'âme, j'aurais finalement fait demi-tour. Cela fait huit ans que je ne l'ai pas revue. Durant ces années, j'ai ruminé toute cette histoire. Je n'ai pas su me faire comprendre. Et elle, elle n'a pas non plus voulu entendre ma colère. A-t-elle eu au moins l'idée, ne serait-ce qu'une seconde, de me revoir, pour entendre ce que j'avais à lui dire ? C'est vital, et peut-être purement égoïste, mais elle doit être vivante à mon arrivée. Pourquoi devons-nous toujours attendre le moment où nos proches nous quittent pour enfin exprimer ce que nous n'avons pas su leur dire lorsqu'ils étaient encore bien vivants parmi nous ? C'est idiot, mais dans mon esprit, ce périple n'aurait plus aucun intérêt et ne m'apporterait plus rien si, en arrivant, je la trouvais morte dans son lit. Je ne viens pas pour pleurer des regrets, je viens pour lui faire entendre des choses.

Heureusement, elle est toujours en vie. Très vite, je reprends le volant. Il reste encore deux heures de route.

Il est environ une heure du matin quand j'arrive enfin. Lorsque je m'apprête à franchir l'entrée de l'hôpital, j'aperçois non loin deux de mes frères, l'aîné, Benoît, et le benjamin, Sylvain. Je suis consciente que la fratrie souhaite me voir faire profil bas. Mais ma présence ici ne dépend pas de leur préférence. Je suis ici parce que je crois en mes convictions. La seule chose qu'ils me reprochent, c'est cette fichue lettre qui ne les concernait pas. Cela a été la cause de notre rupture. Je n'ai jamais voulu cela. Simplement, ils n'auraient jamais dû être mêlés à nos griefs, c'était une maladresse de ma mère. Auparavant, que ce soit durant notre enfance ou dans notre vie adulte, nous n'avions jamais eu d'histoires. Chacun menait sa vie comme il l'entendait, nous ne nous jugions jamais.

Leur attitude est désagréable et insistante. Je me sens comme une étrangère. Je n'ai pourtant rien à me faire pardonner. Je sais que, pour eux, je ne suis plus rien. J'ai le sentiment d'être une intruse, et cela ajoute encore du malaise à ce moment.

Dans le hall, je retrouve mon frère Loïc qui m'attend avec impatience, et me dit d'une voix rassurante :

—Viens, je t'accompagne.

Dans l'ascenseur qui nous mène à l'étage de la chambre de ma mère, je n'arrive pas à maîtriser mes tremblements. Mon frère, très investi, commence à craquer. Bien qu'il veuille maîtriser la situation, des larmes perlent le long de ses joues.

Devant la porte de la chambre, je suis pétrifiée par la peur. Comme une enfant qui a fait des bêtises. Je me répète en boucle : « Huit ans que je ne les ai pas vus, qu'est-ce qui m'attend de l'autre côté ? » Je rouvre tout un chapitre de mon histoire que je voulais oublier. On a beau vouloir faire une croix sur son passé, il y a toujours quelqu'un ou quelque chose qui fait resurgir un temps qu'on croyait oublié.

Je prends une grande inspiration et j'ouvre cette porte. La chambre est petite, les toilettes se situent tout de suite sur la droite de l'entrée, le lit est à demi caché derrière une paroi. Je suis surprise : cette pièce mesure à peine neuf mètres carrés, elle est oppressante. Je franchis un minuscule couloir. Au moment où je commence à apercevoir le pied du lit, je m'immobilise subitement. Mon frère ne me laisse pas le choix :

—Vas-y ! Bon, je te laisse, quand tu auras terminé, appelle-moi et je reviendrai te chercher.

Puis il referme la porte derrière moi.

Je suis comme piégée, il est trop tard pour faire demi-tour. J'avance à petits pas, c'est une curieuse impression de revoir ma mère dans une telle situation. Elle est endormie, sa respiration est sonore, parfois sa poitrine se gonfle. Chacune des bouffées d'air qu'elle inspire semble être un terrible effort, et le dernier.

Mon père, l'air perdu, tient la main droite de sa femme. Tout à coup, il lève la tête, l'air surpris. Il ne s'attendait certainement pas à me voir dans ces circonstances. Et sans doute pensait-il ne plus jamais me revoir.

Sans croiser mon regard, mal à l'aise et d'un geste maladroit, il m'invite à m'asseoir auprès de ma mère. Nous n'échangeons même pas un simple bonjour. Lui ne dit pas un mot, laissant place à un silence lourd et inconfortable. Pour dissiper l'atmosphère pesante, c'est moi qui prends l'initiative de briser la glace en lui posant bêtement la question :

—Ça va ?

Étrangement, cela relâche et détend un peu l'atmosphère. Nous échangeons quelques banalités : que pouvons-nous nous dire après tout ce temps en ce jour si funeste ?

Je ne le reconnais plus. Même s'il n'était pas très charpenté, c'était tout de même, dans mes souvenirs, un homme un peu athlétique. Aujourd'hui je découvre un vieillard rachitique, les cheveux blancs, les joues creusées et le regard triste et humide.

Ma mère, qui était une femme un peu forte, est méconnaissable. Elle dégageait une grande énergie, avec toujours le verbe haut accompagné de grands gestes. Elle qui avait une chevelure d'un noir corbeau n'a plus que quelques cheveux gris. Je ne la reconnais plus. Nous avons beau nous apprêter à voir un proche atteint par une maladie incurable, jamais nous ne sommes réellement préparés à les découvrir dans ces conditions, si décharnés. J'ai l'impression que son corps se confond avec le matelas sur lequel elle gît. Elle est si amaigrie que l'on croirait voir une feuille d'automne tombée de l'arbre.

Curieusement, mon père me propose de prendre la main de ma mère. Mais je ne peux pas. Avec clle, ce geste bienveillant m'est étranger. Nos parents n'ont jamais eu de signes d'affection. Je trouve cette proposition curieuse et tellement inédite. J'ai dû rater quelque chose durant toutes ces années d'absence. Mes parents ont-ils compris combien les élans de tendresse entretiennent des relations saines et procurent du bonheur ? Cela, moi je l'ai compris une fois adulte. Je me poserai toujours la question de savoir comment mes parents ont pu vivre, toutes ces années, si proches et à la fois si éloignés. Je crains peut-être une réaction de refus si j'envisage de saisir sa main. Plein de bonne volonté, mon père m'invite à lui adresser la parole :

—Tu peux lui parler si tu veux, même si elle ne répond pas, elle t'entendra.

Gauchement, je lui demande si elle m'entend. Tout d'un coup, elle ouvre les paupières et je suis surprise. Ses yeux donnent l'impression qu'elle cherche quelque chose, comme si elle était aveuglée. Dans son regard, j'aperçois ce marron très profond et très caractéristique. C'est la seule chose que je retrouve d'elle. Encouragée par le mouvement de ses yeux, j'insiste :

—Tu me reconnais ?

Je lui demande cela car, huit ans plus tôt, j'avais les cheveux très courts et bruns. Aujourd'hui, je suis blonde avec les cheveux longs et frisés. Elle me souffle un « oui ». Je ressens un soulagement, et presque un sentiment de joie. Alors je me dis que j'existe pour elle. Malgré la dureté de nos échanges par le passé, je suis restée sa fille. Sans doute pensait-elle ne plus me voir et je suis là.

La boule au ventre, je lui demande si elle souhaite que je parte. Après un petit silence qui me paraît long, entre deux efforts surhumains pour arriver à ouvrir les yeux une fraction de seconde une dernière fois, elle me répond : « Non ! » Si elle m'avait demandé de partir, je n'aurais pas insisté, j'aurais quitté sur-le-champ cette chambre. Qu'elle accepte ma présence, cela signifie pour moi : « Je te pardonne. »

Malgré toutes ces années de silence je suis inquiète de voir mon père dans cet état. Je ne peux m'empêcher de lui demander, une fois encore, comment il va. Sa réponse est brève et évasive. Je ressens une grande détresse : je ne l'ai jamais connu comme cela. Par le passé, c'était un homme fier qui dégageait une grande force physique. Je ne l'ai jamais vu en larmes, c'est choquant de le voir ainsi, alors j'insiste pour le faire parler. Mais il s'échappe, il fuit. J'aimerais tellement qu'il se confie. Il demeure muet, prisonnier de sa tristesse. Les minutes s'écoulent et, dans cette lugubre chambre, je sens monter en moi l'amertume qui me ronge depuis longtemps. Ce n'est peut-être pas le jour, mais il faut que je parle. Alors, dans un élan incontrôlable, j'exprime à mon père mes tourments :

—Pourquoi ne pas avoir tenté de faire la médiation entre maman et moi ? Tu aurais pu jouer un rôle important, tu aurais peut-être désamorcé notre conflit.

C'est probablement la dernière fois que je peux m'adresser ainsi à mon père. Il est nécessaire, malgré l'état de ma mère, qu'elle entende ce que j'ai sur le cœur depuis notre rupture. C'est certain, il est trop tard, nous ne pouvons pas rattraper en quelques minutes toutes ces années. Mais il faut que je parle une dernière fois. Je veux juste faire entendre toute cette injustice qui me pèse. Mon père est hermétique à mon discours, ce n'est ni le jour ni l'heure pour ce genre de chose. Ma mère agonise. Il est trop tard.

Bientôt une heure que je suis là. Ma mère s'est endormie. Je n'ai plus rien à faire ici. Mon frère vient me chercher. Avant de quitter la pièce, je regarde une dernière fois ma mère. Elle va partir, et je ne pourrai même pas être présente à son inhumation. Ce sont ses volontés, je les respecterai. D'ailleurs, certains de mes frères et sœurs me le refuseraient.

Je sors de l'hôpital. Dehors il y a mon dernier petit frère. Il s'approche de moi en larmes, il était très proche de ma mère, je ne peux pas lui en vouloir. C'est curieux, j'ai toujours eu l'impression que nous n'avions pas connu les mêmes parents. De plus, il est beaucoup trop jeune pour comprendre cette histoire. Je le prends dans mes bras pour le réconforter. Sa douleur me touche, d'autant qu'il a la gentillesse d'insister pour me revoir. Je suis particulièrement émue, car Bruno est l'un des derniers liens fraternels qu'il me reste. Le consoler ainsi me réchauffe le cœur, je joue mon rôle de grande sœur. Lui ne m'a jamais jugée dans toute cette affaire, il a pris ses distances avec une histoire que seules peuvent comprendre les personnes concernées. Il n'a rien à dire. Il n'entretient pas de polémique.

Avant de reprendre la route, j'achète deux ou trois sucreries dans le distributeur du hall de l'hôpital, pour tenir le coup sur le chemin du retour.

C'est peut-être lâche, mais je n'ai pas dit au revoir à ma mère avant de quitter sa chambre. Et, quelques jours plus tard, je n'irai pas assister à son inhumation, lui dire un dernier adieu. Car, il y a des années de cela, dans un accès de colère, elle avait ordonné à son entourage de m'interdire l'accès à son enterrement. Je n'aurais pas dû obéir à cette injonction. Si ma mère avait accepté ma présence lors de ses dernières heures, c'est qu'elle était allée au-delà de cette vieille colère. C'était du passé.

J'ai droit à ma place dans cette famille, et les autres membres de ma fratrie n'auraient pas eu le choix. Je n'avais pas à satisfaire sottement ceux qui étaient vivants, juste à honorer la mémoire de ma défunte mère. Tant pis pour ce qu'ils auraient pensé : cela n'avait plus d'importance.

Il est tard quand j'arrive à la maison. Je reçois un SMS de Loïc :

> Ça y est sœur, c'est fini, maman est décédée à quatre heures, merci d'être venue, ce que tu as fait est très bien, même si tu n'es pas restée longtemps. Parce que tu l'aurais regretté toute ta vie.

Les mots de mon frère me donnent l'impression que j'ai tout de même dit au revoir à ma mère.

Mais oui, je garderai toute ma vie des tas de questions auxquelles je n'aurai jamais de réponses.

Aujourd'hui j'ai dit adieu à une partie de ma vie, adieu à une partie de ma famille.

2

Encore dans l'adolescence, ma mère n'a que quinze ans et demi et mon père, pas encore dix-sept, lorsque Benoît, leur premier enfant, arrive au monde. Sans expérience, mes parents se retrouvent jetés dans un monde d'adultes où ils ont encore tout à apprendre. De 1973 à 1996, ils auront sept enfants. Deuxième de la fratrie, j'ai à peine deux ans d'écart avec l'aîné. Lorsque j'ai cinq ans, ma mère, âgée de vingt-trois ans, met au monde son troisième enfant. Ce petit frère était inespéré. Je l'ai instantanément aimé d'un amour fraternel presque irrationnel. Il faut dire que mon frère aîné était brusque et peu enclin à la gentillesse envers moi. À tel point que je me demandais quelquefois s'il était capable d'être gentil. D'ailleurs, mon front en garde un souvenir, j'ai une cicatrice sous ma frange. C'est un petit cadeau que m'a fait Benoît pour mes quatre ans, en me projetant sans raison sur le sol : ma tête a cogné un coin de mur. Résultat : quatre points de suture. Il avait parfois des accès de violences, inexpliqués. Plus tard, à l'adolescence, lorsqu'il faisait des bêtises, il me contraignait, sous la menace, à avouer à mes parents que c'était moi la fautive. Ce qui m'a valu bien des punitions injustes. À l'âge adulte, il basculera dans la délinquance, accumulant de nombreux problèmes avec la justice.

Quant aux deux derniers, ils n'auront qu'un an de différence. D'ailleurs, tout le monde les croit jumeaux tellement ils se ressemblent. Je n'ai pas développé de liens aussi forts avec eux, probablement parce que j'étais trop concentrée sur Loïc.

Issus d'un milieu défavorisé, mes parents ont vécu toute leur jeunesse en banlieue parisienne. Mon père est le dernier d'une fratrie de sept frères et sœurs. Et ma mère, la benjamine de six filles. Elle nourrissait une aversion envers sa maman, qu'elle considérait comme une peste, une femme détestable. Elle pensait qu'elle avait eu beaucoup de chance d'avoir épousé mon grand-père qui était un homme généreux. Ma grand-mère maternelle était ce que l'on appelait vulgairement, à la fin de la Seconde Guerre mondiale, « une tondue ». Je ne sais pas ce qu'elle avait fait pour mériter cet humiliant châtiment, mais cela semblait impardonnable pour ma mère.

Sans diplômes, mon père enchaînait les petits boulots, tandis que ma mère restait à la maison pour s'occuper de nous. En réalité, ils étaient complètement dépassés, accablés financièrement et moralement par cette charge familiale qu'ils s'étaient imposée si jeunes. Heureusement, mes oncles paternels leur apportaient parfois une aide financière et morale. Et, pour alléger les tâches sous lesquelles mes parents croulaient, il arrivait que mes oncles prennent en garde l'un des enfants quelques jours. Juste le temps de retrouver de l'oxygène.

Mais dans mon cas, c'était un peu compliqué. J'ai semble-t-il été une enfant difficile. D'après ma mère, j'étais éreintante. Trop agitée, trop colérique. Il m'arrivait parfois de crier sans raison valable. On m'a raconté que je pouvais piquer des crises à la fin de mon repas : curieusement, je n'étais jamais rassasiée, j'en voulais toujours plus. Certains jours, j'étais envahissante car je voulais constamment être dans les bras de mes parents. Le soir au coucher, c'était crise sur crise. J'étais si épuisante qu'au début, elle devait me bercer nuit et jour. Cependant, étant donné la difficulté de maintenir cette habitude, surtout la nuit, elle avait conçu un système ingénieux avec une cordelette sur mon berceau. Grâce à ce stratagème, lors de mes agitations nocturnes, il lui suffisait d'agiter la ficelle depuis son lit pour m'apaiser et, systématiquement, je retrouvais le sommeil. Jusqu'à la prochaine crise. Ma mère dormait donc très peu, et par moments elle finissait par maudire ma présence dans ce monde. Elle ne comprenait pas mes pleurs, rien ne pouvait justifier cela. Mes besoins étaient comblés, mes couches, propres, et pourtant, à chaque crise, elle s'évertuait en vain à me réconforter. Avec le recul, j'imagine que, d'une manière inconsciente, je percevais que j'avais mis mes pieds dans un environnement peu serein, empreint de mal-être, un monde teinté de tragédie, comme si je ressentais qu'un drame était imminent. De nos jours, des études ont démontré que les bébés peuvent réagir au stress de leur environnement.

Cerise sur le gâteau, je n'ai été propre que vers mes cinq ans. Bref, je n'aurai pas été une enfant idéale et mes parents n'avaient ni les compétences ni la patience pour comprendre mon comportement et résoudre les problèmes qu'il posait.

Devant la difficulté à me gérer, mon oncle paternel Jean s'était proposé de me prendre en garde quelque temps. Malheureusement, il n'a pas tenu deux jours. Dès le lendemain, il revenait en furie, me jetant dans les bras de ma mère :

— Tiens, je te la rends, sinon je sens qu'elle va passer par la fenêtre. Tu avais raison, elle est insupportable !

Ma réputation était faite. Je restais la seule enfant dont personne ne voulait. Et ma mère continuait à s'épuiser.

Nous vivions dans une ambiance sans délicatesse. Peu de place pour les effusions et les bons sentiments. J'ai passé mon enfance au cœur d'une tempête d'insultes et de hurlements. Il faut dire que mes parents formaient un couple peu harmonieux. J'ai rarement été témoin de manifestation d'affection réciproque. À la moindre contrariété, ma mère insultait mon père sans vergogne. Facilement irritable, tout lui était prétexte à querelles. Elle pouvait exploser de colère en un quart de seconde. Parfois, le sujet d'emportement atteignait des sommets d'irrationalité. Ce tempérament impétueux, incompréhensible pour une personne ordinaire, nous semblait presque normal. Dès la seconde où elle fulminait, tout ce qui était à portée de ses mains pouvait voler. Mon père, qui ne pratiquait pas de sport, est devenu, grâce à sa femme, un expert en esquive d'objets volants. Étrangement, l'un des projectiles favoris de ma mère était la motte de beurre, tout juste sortie du congélateur. La baie vitrée a donc de nombreuses fois été brisée par un produit alimentaire en théorie inoffensif, mais qui chez nous était devenu une source de menace. Ma mère aurait été championne du lancer de beurre congelé si cette discipline avait figuré aux Jeux olympiques.

Sous notre toit, la manière forte faisait office de méthode d'éducation. Pour mes parents, il ne pouvait exister d'alternative pour asseoir leur autorité parentale. Ils ne se contentaient pas d'une simple claque ou d'une petite fessée, le châtiment pouvait être parfois bien plus violent ou humiliant. Une bêtise d'enfant, qu'elle soit naïve, volontaire, accidentelle, drôle, petite ou grande, quel qu'en soit le degré, est nécessaire à l'apprentissage ou à la découverte de la vie. Pour mes parents, ce ne pouvait être que la manifestation d'une hostilité à leur égard, pour leur empoisonner l'existence. Ils ne disposaient d'aucune pédagogie, et n'avaient donc aucune psychologie.

Peu importait le type ou la gravité d'une bêtise. La sanction était disproportionnée. Nous étions censés comprendre comme un adulte le sens d'un châtiment, sans explication. Cette éducation me paraissait sévère, mais si parfois j'en souffrais, je l'acceptais comme la norme. Pendant longtemps, j'ai cru que c'était la manière habituelle d'élever les enfants, pensant que toutes les familles agissaient ainsi. Il m'a fallu du temps pour comprendre que quelque chose d'inhabituel se cachait dans la façon dont nos parents nous éduquaient.

J'ai souvenir de ce jour où ma mère est entrée subitement dans ma chambre. D'après elle, je jouais à me toucher la moumoune, chose jugée répréhensible. Avec fougue, elle m'a attrapée et sortie du lit, puis m'a tirée par le bras jusque dans la salle à manger qui se trouvait en bas. Puis elle a appelé mon père pour qu'il me ceinture les jambes afin que je ne puisse plus bouger. Pendant ce temps, elle préparait une aiguille avec du fil et m'a menacée de me coudre le sexe la prochaine fois qu'elle me surprendrait. J'étais en larmes. Je ne comprenais pas ce déchaînement…

Pour mes parents, le sujet du sexe a toujours été tabou. Et l'idée qu'un enfant puisse aller à la découverte de son organe génital était impensable. Pour eux, Freud et Dolto n'évoquaient que des noms de rues, pas des psychanalystes. Alors, comment aurais-je pu me confier à mes parents alors qu'ils étaient coutumiers de telles attitudes, de tels emportements sans discernement ?

Je ne parlerai pas de la longue liste de blâmes et de maltraitances en tout genre, comme ce fameux martinet qui nous terrorisait tant, et je peux dire qu'il ne servait pas seulement à nous dissuader. Les cheveux tirés et les coups de pied aux fesses, ça, c'était gentil.

L'une des méthodes de châtiment favorite de mon père était l'usage du fusil à plomb. Il remplaçait les balles par des bouts de patates ou de pain. Puis nous prenait pour cibles comme si nous étions des lapins de garenne. Cette situation provoquait des éclats de rire chez mes parents. On ne peut pas nier leur inventivité. Si un concours Lépine de la punition avait existé, je suis convaincue qu'ils auraient décroché le premier prix.

Ils se laissaient tellement mener par leur impulsivité qu'il leur était impossible de raisonner et d'agir avec clairvoyance. Aujourd'hui, je sais que cette éducation a eu un réel impact sur mon psychisme et empêché une relation de confiance avec mes parents…

Dans ce contexte familial, être une fille ne m'a pas rendu la vie facile. J'avais encore moins le droit à l'erreur. Dès l'instant où j'étais fautive, ma mère m'envoyait dans ma chambre avec un florilège d'insultes. Elle maîtrisait à la perfection le vocabulaire des injures. Elle était dotée d'un tempérament si explosif, si imprévisible, que nous finissions par ne plus chercher à comprendre les motifs de ses colères. C'était notre quotidien, notre mode de vie. Nous grandissions dans un climat où il pleuvait des insultes. Assister à de tels échanges entre nos parents risquait de troubler notre capacité future à discerner le bien du mal. D'un côté, ils exigeaient de nous la politesse et les bonnes manières, tandis que, de l'autre, leurs propres comportements se contredisaient, en particulier ceux de ma mère. Ce paradoxe dans leurs attitudes laissait place à une confusion que nous tentions de démêler. Nous vivions dans un brouillard. Mais heureusement, une fois adulte, je n'ai pas imité ma mère. La colère ne résout pas les problèmes. J'ai appris à être plus dans le dialogue, surtout avec mes enfants. Eux au moins sont plus équilibrés que moi à leur âge.

Mon père n'était pas épargné : lui aussi pouvait être victime des fureurs de sa femme. Elle dégainait alors son arme fétiche, que j'ai un peu honte de citer :

—Espèce de petit PD, va te faire enculer !

Après cela, il n'y avait plus rien à répondre. Bref, nous vivions dans une véritable cacophonie de colères et d'outrages.

L'année de mes six ans, il y a eu mon oncle Robert. Le sauveur. Il jouissait d'une grande popularité au sein de la famille. C'était notre mascotte, un pilier. Il se montrait toujours disponible, surtout auprès de mes parents. À chaque réunion de famille, il apportait une bonne dose de légèreté et de rire. C'était le frère rêvé, le gendre idéal, un tonton que l'on adorait !

Ainsi, il était celui qui allait enfin délivrer mes parents de cette enfant agitée et fatigante. Il y avait bien longtemps que personne ne s'était porté volontaire pour me prendre en garde. Ma réputation était depuis longtemps entachée, me mettant en marge aux yeux du reste de ma famille. Imaginez donc ma surprise lorsque cet oncle, l'idole de la famille, dont les rires m'arrivaient de loin, décida de porter son attention sur moi. J'éprouvais un grand enthousiasme à être enfin au centre des préoccupations d'un adulte.

Alors, devant cette occasion inespérée, mes parents n'ont pas hésité une seule seconde. Au début, je n'étais recueillie qu'occasionnellement. Mais c'est rapidement devenu routinier. Cela ressemblait beaucoup à une garde alternée. Chaque mercredi, week-ends et vacances scolaires, je migrais chez cet oncle paternel dont la maison était devenue quasiment mon deuxième foyer. Cette grande bouffée d'oxygène était une véritable aubaine pour mes parents, sans compter que cela faisait une bouche en moins à nourrir.

Dès les premières secondes, je me suis rapidement plu chez cet oncle. Chez lui, j'étais une petite reine. Souvent, il me donnait quelques pièces pour que je puisse m'acheter ce que je voulais chez l'épicier d'en bas. Il savait m'accorder de l'importance, chose qui aurait été inconcevable chez mes parents.

Lorsque nous faisions les courses, si un vêtement me plaisait, il me l'offrait. Il me portait une grande attention et cédait facilement à mes caprices. Me gratifiait-il de cadeaux pour atténuer mon agitation et contrebalancer ma réputation d'enfant turbulente, ou bien cela servait-il à renforcer son image de tonton idéal ? En tout cas, je n'ai jamais été capricieuse. Auprès de mes parents, les caprices n'auraient pas été tolérés, au risque de subir de sévères punitions. Notre mode de vie était très précaire, et nous nous satisfaisions de ce que nous avions. Nos vêtements étaient souvent d'occasion ou avaient déjà été portés par d'autres membres de la famille. Nous avions peu de jouets, mais nous nous en contentions. Nous vivions selon nos moyens, et cela nous paraissait tout à fait normal. De toute façon, même si par moments je pouvais être une enfant agitée, je vivais dans mon monde et je m'inventais un univers.

Quant à ma tante, elle ne manifestait pas beaucoup d'enthousiasme à mon égard. Elle était très distante et me parlait peu. Il faut dire que c'était un jeune couple, tous les deux étaient fraîchement divorcés de leurs conjoints. Alors mon arrivée devait un peu semer le trouble, parce que j'étais devenue le centre d'attention de mon oncle. Elle devait être un brin jalouse. D'ailleurs, dès la première minute où j'ai franchi le seuil de leur appartement, elle ne s'est jamais comportée en tata : j'étais une étrangère qui dérangeait ses habitudes. Lui était protecteur, se comportait un peu comme si j'étais sa fille, et cela ne devait pas plaire à sa compagne. Mais je ne m'en préoccupais pas tant qu'elle n'était pas méchante avec moi. L'attention de mon oncle me comblait suffisamment de bonheur. Pour la première fois de ma vie, un adulte m'accordait de l'importance ! C'était un sentiment nouveau pour moi, et soudain je me suis sentie libre d'exister.

À l'époque où j'ai commencé à venir chez mon oncle, mon père avait retrouvé une situation plus stable, il était ambulancier. Nous étions déjà quatre enfants et nous avions déménagé dans une petite cité pavillonnaire. Il y avait trois chambres et un jardin. Des espaces verts. Bref, c'était plus confortable que notre petit appartement. Mon oncle et ma tante, eux, habitaient dans un modeste appartement de la banlieue parisienne, à Bobigny, « la Cité de l'étoile ». Chez eux, ce n'était peut-être pas une vie de luxe, mais dans mon regard d'enfant, cela y ressemblait. Le peu de confort matériel dans lequel ils vivaient me paraissait tellement plus riche que chez mes parents !

Au début, il existait de petites disputes de couple, auxquelles je ne prêtais pas attention. Curieusement, je m'y sentais bien. J'y étais tellement plus sereine ! Cela ne pouvait me traumatiser en comparaison de l'univers dans lequel j'avais toujours baigné. Malgré la grande consommation de boissons anisées de Robert, plus de deux bouteilles par semaine, cela restait pour moi un havre de paix. J'étais plus détendue, loin du cirque infernal de mes parents.

Depuis ma tendre enfance, il m'avait fallu m'endurcir dans cet environnement brutal. Cette carapace allait-elle me suffire pour affronter les épreuves qui suivraient ?

3

Il y a ce jour, celui à partir duquel je ne serai plus comme les autres enfants. Quelques gestes, quelques minutes auront suffi pour faire basculer dans le néant une autre vie, un tout autre destin qui peut-être m'était promis. On m'a ôté la possibilité d'entrer bien armée dans la vie d'adulte. Comment pourrais-je faire face aux défis de la vie alors que l'on avait volé en un instant une partie de moi-même ? J'ignorais encore que plus rien ne serait normal.

C'était un jour banal, un jour comme tant d'autres. J'étais en voiture avec Robert, heureuse d'avoir quitté mes parents pour quelques jours, dans mon petit royaume dont j'étais la princesse. Très enjoué et toujours attentionné, mon oncle me propose de prendre le volant :

—Est-ce que tu veux que je t'apprenne à conduire ?

Quel enfant aurait refusé cette proposition ? J'accepte avec enthousiasme. Toute fière, le sourire jusqu'aux oreilles, je suis maintenant impatiente de jouer à la grande. J'ai encore un souvenir très précis de sa voiture : une Renault 14 aux sièges en Skaï beiges avec leur odeur si particulière.

Après quelques minutes il s'arrête le long du canal de l'Ourcq. À la sortie de notre cité, il y avait un vieux pont qui enjambait cette petite rivière artificielle. D'un côté de la rive se trouvaient quelques vieilles maisons en briques, de style ouvrier, tandis que de l'autre des usines décrépites se tenaient dans un silence angoissant, la plupart ayant cessé leurs activités depuis longtemps. C'était un coin isolé, où parfois mon père nous emmenait pêcher. J'avais l'impression de découvrir une zone qui s'étendait à l'infini. Son atmosphère lugubre et ses teintes grises me donnaient l'impression d'être plongée dans un vieux film en noir et blanc, où l'on pouvait imaginer des scènes de crime. L'automne semblait y être la seule saison.

Je me souviens que, lorsque j'étais en âge d'aller à l'école à pied, nous avions consigne d'y passer toujours en groupe, parce que parfois l'on pouvait y croiser des gens peu fréquentables. Une rumeur disait que certains pervers s'y rencontraient le sexe à l'air et se masturbaient. J'ai souvenir qu'un jour, un drôle de type avait jeté des photos porno au sol devant mes amies et moi, puis s'était arrêté plus loin dans un recoin dans l'espoir sans doute qu'on le suive. Toutes paniquées, nous avions pris la poudre d'escampette vers la maison la plus proche et frappé à sa porte pour nous y mettre à l'abri. Ce type était connu pour ses obscénités.

C'était donc un endroit idéal que mon oncle avait choisi. Un coin reculé, loin de tout regard indiscret, où il était certain que personne ne viendrait nous déranger.

Il me saisit par la taille et me fait asseoir sur ses genoux tandis que j'attrape le volant. Amusée, je commence à jouer à la conductrice. Soudain, il pose ses mains sur mes cuisses. Ce geste me surprend, mais je n'y vois pas de mal. Puis il les remonte doucement un peu plus haut. Naïvement, je prends cela pour un geste affectueux, presque protecteur, visant à me retenir, d'autant plus que la voiture roule encore. Il a toujours été gentil et prévenant avec moi, il ne peut s'agir de rien d'autre.

C'est alors qu'il immobilise le véhicule à l'endroit de son choix. Après quelques secondes, curieusement il me caresse en faisant de petits va-et-vient entre mes genoux et le haut de mes cuisses. Ce geste inhabituel me dérange, je me raidis.

Mon oncle reste calme : son attitude laisse croire que tout cela est normal. Puis il devient plus insistant. Cette fois, il monte plus haut dans mon entrejambe. Toutes ces caresses me sont étrangères. Mon cœur cogne un peu plus fort dans ma poitrine, ma respiration s'accélère. Ce qui au début ressemblait à un jeu innocent commence à me glacer le sang. Ses gestes, que je percevais comme bienveillants, me semblent désormais étranges. Quelque chose me perturbe profondément. Une sensation de vertige m'envahit. Je ressens une envie de fuir, comme un instinct de survie. D'une voix presque inaudible, un murmure s'échappe de moi et lui dit que je ne veux plus jouer, que je veux rentrer. Sachant qu'il m'a toujours écoutée, je suis persuadée qu'il mettra fin à cette situation qui me met si mal à l'aise. Mais il semble ne pas m'entendre, demeurant insensible à ma détresse grandissante. Alors je me tétanise, je suis incapable de me défendre. J'aimerais pouvoir attraper sa main et lui hurler : « Qu'est-ce que tu fais, je ne veux pas de ça... Stop ! » Mais je suis soumise. Je renonce à me défendre.

Se voulant rassurant, il cherche à me mettre en confiance :

—T'inquiète pas, continue à conduire, je ne te ferai pas de mal.

Il découvre qu'il a un pouvoir sur moi. Étrangement, sa voix devient de plus en plus douce, une intonation que je n'avais jamais entendue, mais elle me terrifie, me fige davantage. C'est un peu comme si une personne essayait de vous hypnotiser pour prendre le pouvoir sur votre corps. Cette curieuse modulation qui devrait me rassurer m'effraie encore plus. Je me dis que ça va passer, que je devrais faire ce qu'il demande, sinon il va peut-être se fâcher.

Mes mains se tétanisent sur le volant. Je suis incapable de parler.

Les minutes me semblent longues et mon cœur bat un peu plus fort. Je ne comprends pas. Ce genre de caresses m'est totalement inconnu. Plus confiant, il glisse discrètement ses doigts sur ma culotte et effleure mon sexe. Je ne comprends rien de ce qui se passe. De peur et par réflexe, je serre les cuisses. Je suis prise au piège, sans la moindre issue. Je me dis qu'à un moment donné, tout cela prendra fin. J'accepte mon sort. Mentalement, je tente de m'échapper de cet acte, laissant mon esprit divaguer vers d'autres pensées, comme si je n'étais pas vraiment là. Mais en réalité, je me rends compte que je suis encore plus vulnérable à son emprise. Au début, j'avais instinctivement serré les cuisses, mais il a insisté pour que je les écarte davantage. Alors, à quoi bon résister ?

Et puis, toujours sur un ton affectueux :

—Laisse-toi faire.

Il glisse sa deuxième main dans ma culotte :

—T'en fais pas, laisse-toi faire…

Je garde les mains crispées sur le volant, je sais que ce n'est plus un jeu. Je m'y accroche désespérément, comme un alpiniste dans une situation critique, refusant de basculer dans le vide. Et ce gouffre intérieur me submerge, provoquant le vertige. Mon souffle se fait court, ma tête tourne, j'ai de plus en plus l'impression que je vais m'évanouir.

Je suis incapable de comprendre ce qui se passe, mais une chose est sûre, je ne ressens pas de plaisir. Et d'ailleurs, qu'est-ce que le plaisir charnel pour une enfant ? À mon âge, c'est une notion très vague. Le plaisir est encore quelque chose d'innocent. Aujourd'hui, quand je repense à cette scène, je suis convaincue qu'il a poussé le vice pour que je m'abandonne lascivement à lui. Peut-être se serait-il senti moins coupable. Mais je ne suis pas encore une femme, je ne suis qu'une enfant innocente.

Ce que je ne comprenais pas, c'était qu'il simulait des préliminaires. Il me testait, pour voir jusqu'où il pouvait aller. Est-ce que j'allais me rebeller ou entrer dans son délire ? Serais-je une proie facile ? Pire encore, étais-je à la hauteur de tous ses fantasmes ? Jusqu'à quel point mon petit corps pouvait-il l'exciter ?

Comme les caresses ne suffisaient plus et que j'étais assise sur lui, il en profite pour frotter son pénis sur mes fesses. Naïvement, je me rassure en me disant que c'est peut-être normal, que s'il le fait, c'est qu'il a peut-être le droit. S'il me dit que ça ne fait pas de mal, c'est qu'il a raison.

J'étais si candide que je croyais que cela ne se reproduirait plus. Qu'il n'y aurait aucune raison pour que cela se répète. J'espérais simplement qu'une fois que ce serait fini, nous n'en parlerions plus et qu'il continuerait à être gentil.

Ce que je sais aujourd'hui, c'est que j'ai eu l'impression qu'il fallait que je me taise. Je me suis tue, parce que cet oncle était un père de substitution. Il faisait aussi figure d'autorité, il avait un impact psychologique indiscutable. Il était en quelque sorte mon protecteur. Il m'offrait une bouffée d'oxygène lorsqu'il me sortait de mon foyer où l'on ne m'accordait pas d'attention. Lui, il me cédait tout. Alors j'ai accepté. Mais dans les jours qui suivront, je me repasserai en boucle le film de ce que j'ai subi, et d'heure en heure, je trouverai cela de plus en plus écœurant et sale.

Chaque fois qu'il venait me chercher, c'était devenu une routine. Dès l'instant où j'avais quitté mes parents, je savais que cela allait recommencer. Toujours les mêmes caresses, dans des recoins à l'abri des regards.

Lorsque je rentrais chez mes parents, je me taisais. J'avais l'impression que je faisais une grosse bêtise. Je ne voulais pas qu'ils le sachent. Progressivement, j'ai commencé à être moins enjouée, plus renfermée sur moi-même. Et rien dans mon comportement ne semblait alerter mes parents. Je me sentais honteuse. Lui prenait confiance, et je me taisais.

Un dimanche matin, vers cinq heures et demie, il me réveille, sans un bruit :

—Viens, on va aller à la pêche.

Ma tante dormait encore. Est-ce que j'ai le choix ? Paradoxalement, je garde espoir qu'une partie de la journée va bien se passer, malgré ces quelques minutes où je suis à sa merci. Je sais que, malgré tout, nous allons ensuite partager un moment magique, comme il sait souvent en concocter.

Lorsque nous arrivons au bord de l'étang, le soleil est à peine levé, il n'y a encore personne, le coin semble désert. Sans attendre, il exige que je m'allonge à l'arrière sur la banquette et, toujours d'une voix réconfortante :

—Ne t'inquiète pas, laisse-toi faire, tout va bien se passer, ne bouge pas…

D'abord, il recommence ses caresses sur mes cuisses, comme lorsqu'il m'avait installée au volant de sa voiture la première fois. Puis, plus pressant, ses mains se faufilent au-dessus de ma culotte, et finalement il les glisse à l'intérieur. Il retire ma culotte. Me fait écarter les cuisses, baisse sa tête et je sens sa langue qui glisse sur mon sexe. Je serre les poings ! Je me sens comme enchaînée. J'ai envie de pleurer, mais je n'y arrive pas. J'espère simplement que cela ira vite, pour me libérer. Quelques minutes plus tard, il me fait signe de m'installer au bord du siège de la portière arrière. Je me sens comme une marionnette, ma tête tourne, je me suis complètement désorientée. Je sais que je n'ai pas le choix, alors, mécaniquement, je m'exécute. Il se dresse devant moi. Il baisse son pantalon et sort son pénis. Je suis surprise et impressionnée. Le plus naturellement du monde, il me demande de le caresser. Je suis incapable de m'y opposer. C'est la première fois de ma vie que je vois un sexe masculin, et qui plus est, en érection. Cette fois, je suis en sanglots, il m'est impossible de retenir mes larmes.

Peut-être pour se déculpabiliser, il se met à me répéter en boucle :

—Il n'y a rien de mal, c'est naturel, il ne faut pas avoir honte !

Sans hésitation, il attrape ma main et me contraint à le toucher. Puis brusquement, il me fait approcher mon visage et m'ordonne de prendre son pénis dans ma bouche. Plus il prend plaisir, plus son sexe se raidit et plus je prends peur. Je suis écœurée, je trouve le goût répugnant, mais cela semble ne pas le déstabiliser. A-t-il conscience que je ne suis encore qu'une enfant ? Cet homme d'une quarantaine d'années m'apparaissait comme un vieillard. Il avait un physique à la Hulk Hogan, le catcheur, avec des cheveux clairsemés et une moustache tombante. Sa carrure me semblait imposante. Désormais, lorsque je rencontre des individus avec une apparence similaire, mon esprit ne peut s'empêcher de les associer à mon oncle…

Comme la première fois où il m'a caressée dans la voiture, personne ne l'a su. Je suis restée dans mon silence, emmurée dans mes souffrances.

Qui peut m'écouter ? Qui peut me croire ? Il n'y a personne à qui me confier, auprès de qui soulager ma conscience. Alors je garde tout pour moi, avec l'espoir que tout cela va s'arrêter. Je reste sans comprendre : pourquoi fait-il cela ? Pourquoi moi ? Je ne sais pas comment me battre pour que tout cela cesse. Je me sens seule. Quelles sont mes armes pour me libérer ? Alors je me referme chaque jour un peu plus sur moi-même, je cherche en moi un coin de réconfort, où je peux me sentir libre.

Les jours et les semaines ont passé, la pêche est devenue un rituel. Chaque fois qu'il en avait envie, très tôt le matin, nous retournions au bord de cet étang.

Pendant ce temps ma tante dormait, en se levant elle découvrait que nous étions partis…

Progressivement ses gestes devenaient plus obscènes, plus salaces. Comme si j'étais une adulte consentante qui approuvait la domination. Il se précipitait pour caresser mon sexe, et je devais sans attendre écarter les cuisses où sa langue se déchaînait. Après avoir satisfait son désir, il me demandait systématiquement de conclure avec une fellation.

Imaginez votre fille de sept ans et demi qui, pour la première fois de sa vie, prend un phallus d'adulte dans sa bouche. Ce ne serait même pas imaginable, pourtant, cela a été ma réalité. Je n'avais pas le choix. Je ne pouvais pas dire non. Quelle aurait pu être mon échappatoire ?

Chaque fois que ses lubricités étaient satisfaites, il ne me restait plus qu'à me taire. Une telle existence n'est pas concevable. Il avait réussi à me posséder. Mon corps ne m'appartenait plus. Je l'ignorais encore, mais l'emprise qu'il exerçait sur moi durerait des années.

Désormais je suis sa chose. S'il a le bonheur que je sois l'objet de ses fantasmes, moi, j'ai le malheur d'être à sa disposition. Pendant ce temps, mes parents, bien trop soulagés de mon absence, ignorent mes séjours en enfer.

Il n'y a pour lui aucun risque. Alors, pourquoi ne pas aller plus loin maintenant ? Pourquoi se refuser cet interdit, puisque personne ne le saura ? Le prétexte de la pêche ne suffit plus. Une nuit, alors que je dors, il entre discrètement dans ma chambre, s'approche de mon lit, glisse ses mains sous mes draps. Je me réveille en sursaut, ses mains sur mes cuisses.

Jusqu'à présent, dans son appartement je me sentais en sécurité, étrangement libre. Comme une enfant ordinaire, je pouvais jouer à ma guise, sans jamais me faire réprimander, loin de mes parents, c'était un coin de ciel bleu. Mais l'enfer envahit mon paisible refuge.

Plus rien ne peut l'arrêter. Alors même que ma tante dort dans la chambre d'à côté, il ne peut s'empêcher de prendre le risque, bien que le mur ne soit épais que de quelques centimètres. Sa femme pourrait tout entendre. Désormais il n'a plus de limites, cela devient plus fort que lui, il ne peut plus attendre. Il faut satisfaire ses envies dans l'instant. Son plaisir compte plus que tout. Je suis de plus en plus l'objet de tous ses fantasmes.

Ces visites nocturnes se répéteront de nombreuses fois. Jusqu'au soir où il m'oblige à le rejoindre dans le salon. Il m'ordonne de m'allonger sur le canapé, puis il me caresse devant un film pornographique qui fait partie de sa collection VHS. À huit ans, je découvre la sexualité d'adultes en images. Je vois des tas de choses qui m'effraient. Des scènes qui sont très loin d'une sexualité traditionnelle pour un adulte.

J'ai peur qu'il veuille les faire avec moi. C'est effrayant, c'est sale, dégoûtant et de surcroît violent. Il perd toute mesure. Il oublie que je suis une enfant, à peine une préadolescente. Dans son délire, il veut que je jouisse de ces luxures, mais je n'éprouve aucun plaisir. Il voit que je n'adhère pas et que je me ferme. Pourtant il aimerait que je savoure, peut-être pour avoir une sorte de retour à sa jouissance, ou peut-être pour ne pas se culpabiliser. De toute façon, il me possède.

Pendant ce temps, je décrochais à l'école. Comment cacher son mal-être auprès de ses camarades de classe quand on subit des choses honteuses et ignobles ? Je comprenais que ce n'était pas normal. J'avais la sensation de vivre deux vies : une vie secrète et une autre où j'essayais d'être, ou plutôt de paraître, une petite fille ordinaire. Avant tout cela, j'étais une enfant comme les autres. Je n'avais pas de difficultés pour apprendre à l'école. C'était même le lieu où je me sentais exister. Un lieu où je pouvais m'épanouir. Un lieu qui répondait à ma curiosité d'apprendre. Chaque jour, je me faisais une joie de rejoindre mes petits camarades. Avec eux je pouvais partager notre insouciance, et tant de choses futiles, mais si constructives pour grandir. Mais tout doucement, je me sentais de plus en plus en décalage. J'avais conscience que je n'étais plus pareille. Je devais constamment lutter contre quelque chose qui me rongeait de l'intérieur. Et lorsqu'il m'arrivait d'oublier quelques instants mon martyre, alors je me sentais comme les autres.

Lorsque nous étions dans la cour de récréation, vers neuf ans, je me retrouvais parfois au milieu de conversations où je restais discrète et en apparence naïve. C'est l'âge des premiers émois sentimentaux, mais surtout de la curiosité naturelle au sujet du sexe. C'est une période où l'on est avide de comprendre quelle est cette fameuse chose qui se déroule chez les adultes. On s'amuse à imiter « les grands ». Et puis il y a ces interdits que les enfants transgressent pour devenir grands. Comme les premiers gros mots, qui ne sont d'ailleurs pas très bien compris. On s'invente des histoires qu'on a plus ou moins observées chez les adultes, et on se les approprie. Moi, j'écoutais attentivement les petits récits amusants de mes camarades. Mais je connaissais un tout autre monde qui n'était pas irréel ! En moi défilaient des images et des scènes très précises qui étaient ma réalité. Alors je jouais à l'ignorante. Eux, mes camarades, avaient le privilège de s'inventer des histoires qui leur permettraient un jour d'aborder la sexualité sereinement et normalement. Pour moi, un adulte anéantissait chaque parcelle de rêve et d'illusions nécessaires à la construction d'un enfant.

De mois en mois, une douleur invisible me dévorait sans que je puisse toujours la contrôler, je devenais une enfant introvertie et sauvage. Mon mal-être se manifestait par le silence ou par de l'agressivité soudaine. Alors quelquefois, je m'inventais des vies, j'étais mythomane. Cela maquillait ma misère ou dissimulait mon vide. J'avais besoin d'attirer l'attention des autres. Et j'avais l'impression d'exister, d'être plus intéressante. En m'inventant une vie fictive, j'avais envie de croire que c'était la réalité, car cela me faisait du bien aussi. C'était la vie idéale que j'aurais voulu vivre. Et parfois, c'était une forme de carapace, pour me protéger.

Il m'arrivait d'user d'une grande créativité pour dissimuler mon désarroi. À l'école, je commençais à décrocher, ce qui faisait que j'arrivais de moins en moins à me concentrer. Certaines fois, j'étais tellement rongée à l'idée de trouver une solution pour échapper aux griffes de mon oncle que j'étais déconnectée du moment présent. Mais qui pouvait entendre et croire cette enfant que j'étais ? Personne. Partant du principe que je ne saurais me faire entendre, je ressentais, par moments, une effroyable solitude. J'en veux pour preuve cette scène : un jour en classe, j'ai éclaté en sanglots. Une émotion incontrôlable et puissante m'avait envahie. Il fallait que je m'exprime. La maîtresse, bouleversée, ne comprenant pas ce subit flot de larmes, s'est approchée de moi et m'a demandé ce qui m'arrivait. Mais comment pouvais-je raconter la réalité de ma vie devant tous mes camarades ? J'ai pris peur, il fallait taire ce secret, sous peine d'être ridicule, et peut-être sévèrement punie. Alors j'ai expliqué mes larmes par un mensonge :

— Maman va mourir, elle a un cancer.

Je perdais pied. Je n'étais plus rationnelle. Toutes les émotions se bousculaient dans ma tête. Il me fallait trouver une parade, mais n'était-ce pas aussi l'occasion, en utilisant une stratégie, d'alerter discrètement une adulte qui pourrait s'inquiéter de mon sort ? Dans mon idée, cette affabulation, si énorme soit-elle, ne pouvait qu'attirer l'attention sur mon désespoir.

Désemparée, la maîtresse a choisi de m'isoler dans un coin de la classe tout en me rassurant pour le reste de la journée. Très vite mes parents ont été convoqués.

—Je vous ai fait venir car votre fille vit mal votre maladie, dit la maîtresse avec empathie, sans vouloir employer le mot « cancer ».

— Mais quelle maladie ? a demandé ma mère surprise.

— Eh ben, voyons, votre cancer !

Ma mère, stupéfaite par cette révélation, est restée bouche bée un long moment. Elle a gardé son calme en présence de la maîtresse. Elle n'a pas exprimé d'hostilité verbale envers moi. Elle pouvait me réprimander sévèrement à la maison, mais jamais en public. Puis elle m'a lancé un regard glacial pendant un bref instant, laissant entendre que cela se réglerait ultérieurement. La seule conclusion de mes parents était que j'étais prête à tout pour ne pas travailler en classe. Pour me faire remarquer. On me qualifiait de fainéante, point final !

Imaginez la réaction de mes parents lorsque nous sommes rentrés à la maison. Bien entendu, ils n'ont pas cherché à comprendre. Cette histoire ne les a pas alertés. Je venais de lancer un appel au secours, de tirer une sonnette d'alarme. Mais personne n'a entendu mon cri de désespoir. Les insultes et les claques continuaient de me laisser croire que je ne méritais rien d'autre.

Dans les jours qui ont suivi, j'ai espéré que ma maîtresse me tendrait la main, qu'elle m'offrirait une issue de secours pour enfin m'entendre et retrouver une vie normale. Naïvement, j'ai cru qu'elle, au moins, saurait déceler mon mal-être. Comment a-t-elle pu passer à côté ? Ma réaction n'était pas habituelle. Un mensonge aussi énorme ! À l'école, je n'ai eu droit qu'au silence, et à la méfiance envers une petite menteuse. Je perdais toute crédibilité.

Instinctivement mon oncle savait que désormais, plus rien ne pouvait l'inquiéter. Une nuit, alors que ma tante dormait, j'ai vécu le pire moment de mon enfance. Il souhaitait me pénétrer. Malin, il savait qu'il ne fallait pas que ce soit vaginal. En aucun cas il ne fallait me déflorer, créer une preuve de maltraitance. Il savait parfaitement anticiper et se mettre à l'abri d'une preuve flagrante de viol. Il était conscient d'être un délinquant sexuel, ce qui le rendait encore plus machiavélique. C'est pourquoi il m'a obligée à écarter les cuisses afin d'étaler de la vaseline sur mon anus, tout en me disant :

— Tu verras, ça passera mieux, j'essaierai de ne pas te faire mal.

Envisageait-il que je n'allais pas prendre de plaisir ? Et ses explications n'étaient pas plus rassurantes.

J'avais encore en tête les vidéos qui me terrifiaient, et je comprenais qu'il voulait désormais reproduire ce qu'il me montrait. Mais je n'étais pas une femme lascive et libidineuse prête à s'abandonner à son partenaire. J'étais juste une petite fille toute maigrelette, la nature n'avait pas envisagé qu'un adulte pénètre violemment une enfant.

Ensuite, il m'a positionnée en me demandant de me pencher en avant sur une chaise. Il me manipulait comme son jouet. Derrière moi, il faisait des va-et-vient, certes en douceur, mais j'avais mal, très mal. S'il pensait y mettre de la délicatesse, dans les faits c'était impossible. Je pleurais en silence, des larmes muettes. D'abord à cause de la douleur, puis par crainte que ma tante ne nous surprenne. Qu'aurait-elle pensé de cette pitoyable scène ? J'aurais ressenti de la honte. À cet instant, je n'ai pas du tout envisagé les conséquences pour mon oncle. C'était moi qui me sentais coupable. J'étais la victime, mais il avait tellement d'emprise sur moi que je craignais d'être tenue pour responsable. Que pouvais-je faire d'autre ? Lui, dans son délire, prenait du plaisir, il ne m'entendait pas sangloter. Puis j'ai senti cette fameuse contraction, et enfin son extase. Il libérait son flot de sperme en moi. Très vite, j'ai couru aux toilettes. J'essayais de faire pipi malgré une brûlure insupportable. Je perdais du sang et tout ce qu'il m'avait laissé…

La douleur était intense, mais enfin, c'était fini.

À la sortie des toilettes, j'ai traversé le salon pour

rejoindre ma chambre. Il était assis dans son canapé, les yeux rivés sur la télévision, comme si rien ne s'était passé. Il ne m'a pas adressé la parole, m'ignorant complètement. Il n'avait plus besoin de moi.

Dans mon lit, je me suis emmitouflée dans les draps, cherchant refuge sous ma couverture protectrice. Recroquevillée sur moi-même, j'espérais qu'il ne reviendrait pas me chercher pour recommencer. Cette nuit-là, je n'ai pas fermé l'œil.

Ma chambre avait une grande baie vitrée et je fixais en contrebas la rue. Je rêvais de m'échapper, de courir loin de cette vie, de disparaître, dc devenir invisible.

Jamais je ne m'étais sentie aussi sale, aussi pitoyable dans mon corps et dans ma tête. Je n'étais plus rien à ce moment-là. Toute l'insouciance d'une enfant de mon âge s'était définitivement envolée. J'étais juste l'objet des pulsions sexuelles de mon cher oncle. Je n'avais que huit ans, et c'était ma première sodomie. Dans les années qui allaient suivre, je subirais cet acte un nombre incalculable de fois. Chaque fois qu'il recommençait, je pleurais. Mais c'était plus fort que lui, il fallait qu'il aille au bout de son besoin, de son propre plaisir. Comment pouvait-il avoir des orgasmes avec mes pleurs ? Ne pouvait-il pas comprendre mes sanglots ? Était-ce cela qui le comblait finalement ?

Quelquefois, après sa jouissance, il semblait prendre conscience de ma souffrance, alors il cherchait à légitimer sa conduite coupable envers moi. C'était minable comme scène : en pleurs, il se jetait à mes genoux, puis il m'attrapait par la taille très fortement et il me demandait pardon. Il me disait qu'il m'aimait ! Comment un adulte peut-il prétendre aimer une enfant de cette manière, pour justifier de tels actes odieux ? Avait-il la capacité de se contrôler ? Connaissait-il des moments de lucidité où il ressentait de l'empathie pour ma souffrance ?

L'année de mes douze ans, j'ai compris qu'il prenait de plus en plus d'assurance, qu'il en voulait plus. J'ai donc commencé à manifester des premiers refus. J'étais parvenue à un stade où je commençais à me poser des questions, des interrogations que normalement une enfant de mon âge ne devrait jamais se poser. En quelque sorte, cette situation m'a poussée à réfléchir à certains moments comme une adulte. Petit à petit, j'ai perdu l'insouciance de l'enfance pour me confronter à des préoccupations d'adulte. Mon caractère se forgeait et je ressentais le besoin pressant de lui faire comprendre que je ne supportais plus d'être à sa merci, disponible à sa guise. Je ne voulais plus être réduite au seul objet de ses désirs. Étrangement, telle une femme, je me questionnais sur l'importance que j'avais à ses yeux. Étais-je seulement là pour satisfaire ses envies ?

Devant mes résistances, peut-être par peur de me perdre et surtout d'être démasqué, il intensifiait ses menaces pour me culpabiliser. D'une certaine manière, le bien-être du foyer reposait sur mes épaules. Si j'acceptais passivement ses pulsions, tel un agneau, alors il se montrait de meilleure humeur par la suite. En revanche, si je résistais, il exprimait sa colère en devenant injustement odieux envers ma tante lorsqu'elle rentrait à l'appartement. Il s'en fallait de peu qu'il la menace physiquement. Pour ma part, il m'interdisait, pour me punir, de rejoindre mes amis en bas de l'immeuble, parce qu'il savait que cela m'était nécessaire et source de joie.

Avec la puberté, je commençais à avoir des formes, et cela devait l'agiter encore plus. Il devenait de plus en plus obscène, demandeur de débauches. Je comprenais qu'il s'inspirait des scènes de ses vidéos pornographiques ; cela me hantait.

Un jour, alors qu'en larmes je me refusais à lui, j'ai eu droit à mon quart d'heure de discours bien convaincant, car il était vital pour lui d'établir ma culpabilité :

— De toute façon, c'est notre secret, personne ne peut le savoir. Qui pourrait croire une petite fille comme toi ? Qu'est-ce que diront les gens ? Que c'est ce que tu voulais… Si tu l'as fait, c'est que tu aimes ça et que c'est ta faute…

Je craignais que tout cela se retourne contre moi.

Malgré mes protestations, il obtenait ce qu'il souhaitait. Et cette horreur s'intensifiait. Je commençais à refuser d'aller chez lui. Je devenais de plus en plus angoissée et perturbée au point de faire des cauchemars. J'avais une angoisse terrible à l'idée de retourner chez cet oncle. Mais lui, forcément, étant de plus en plus demandeur, ne pouvait plus se passer de moi. Je suppliais mes parents de ne pas y retourner. Je préférais rester chez eux, même si l'ambiance n'y était pas paradisiaque. Mais comme je devenais de plus en plus insupportable, cela les arrangeait bien de se débarrasser de moi.

Mes parents avaient une excuse toute trouvée pour me contraindre à retourner là-bas :

—Tu ne peux pas leur faire ça, ils n'ont plus d'enfants chez eux – tes cousins sont grands et sont partis. Ils adorent quand tu viens les voir, à chaque fois ton oncle est aux anges quand il vient te chercher. Tu lui apportes de la joie...

Ces paroles étaient tout simplement insupportables à mes oreilles. Et cela avait pour effet de me culpabiliser encore un peu plus. Il était impossible de leur crier haut et fort mon calvaire, comme si quelque chose de mystérieux m'avait ôté les mots que j'aurais aimé faire entendre.

À l'époque, j'ai cru que je méritais tout cela. J'ai même envisagé avoir commis des erreurs dans une vie antérieure, et que maintenant je devais en payer les conséquences. Je ne trouvais pas d'autre explication à ma situation. C'était une sorte de délire mystique qui me servait de réponse. Lorsque les choses allaient mal, je m'y accrochais en me disant que si cette existence était difficile, peut-être que dans une autre vie, après avoir payé ma dette, les choses iraient mieux. Avec du recul, je m'aperçois à quel point ces pensées étaient irrationnelles, et témoignaient de mon profond mal-être, de ma recherche désespérée de sens dans cette horreur, et de ma culpabilité injustifiée.

Le comble, c'est que nous apprendrons bien plus tard que cet oncle que tout le monde imaginait si gentil, si généreux et si serviable, avait été condamné pour atteintes sexuelles sur mineure, en l'occurrence sa propre fille. Il avait été écroué durant un an et demi pour pédophilie. D'ailleurs, les premières fois où il m'avait prise en garde, ma cousine, désormais jeune adulte et qui avait été la proie de son père, avait alerté mes parents. Mais ils n'avaient pas voulu la croire. Ils préféraient présumer d'une autre version, qui voulait que mon oncle avait été longtemps hospitalisé pour une grave maladie. De toute façon, comme dans beaucoup de familles à cette époque-là, on se taisait, c'était déshonorant, donc tabou.

La surdité et l'aveuglement de mes parents m'ont menée droit en enfer. L'oncle Robert m'a dépouillée de mon innocence, et surtout de ma capacité à vivre une vraie vie d'enfant. Désormais, plus rien ne serait pareil pour moi.

4

J'ai maintenant douze ans. Mon adolescence a perdu sa candeur. J'ignore les sensations agréables des simples baisers furtifs, chastes et innocents. Je suis jalouse de mes petits camarades encore pleins de crédulité. Ils ne connaissent pas leur bonheur de découvrir peu à peu le plaisir charnel. Surtout, le beau jour où ils passeront à l'acte par amour, ce sera leur choix. Moi, je ne connaîtrai jamais la joie du premier consentement.

Heureusement, il y avait Antoine, une véritable bouffée d'oxygène dans ma vie, le gardien de mon âme d'enfant. Nous nous connaissions depuis l'âge de six ans, lorsque nous étions entrés à l'école primaire. Le hasard a voulu que nous partagions la même classe tout au long de notre scolarité, ce qui a renforcé notre amitié et, de fait, bien plus qu'un ami, il est devenu un frère de cœur. À certains moments, quand mes pensées négatives m'absorbaient trop et que je m'isolais du monde, il savait comment raviver cette part d'adolescence qui s'évanouissait. Il avait le don de me faire rire et de ranimer la légèreté que je perdais.

Nous avons été proches jusqu'à nos vingt ans, puis nous nous sommes perdus de vue. Pendant toutes ces années, je n'ai pas su lui confier l'enfer dans lequel je vivais chez mon oncle. J'avais trop peur qu'il ne me croie pas, mais surtout je ne voulais pas qu'il me voie différemment. Je voulais paraître normale à ses yeux. Ne pas briser la magie de notre relation.

Grâce à lui, cette année-là, sans qu'il le sache, j'ai pu échapper à mes parents, et surtout à mon oncle, pendant tout un été. Chaque année, Antoine partait en colonie de vacances, et il m'avait encouragée à le rejoindre. Pleine de détermination, j'ai trouvé les arguments pour convaincre mes parents de me laisser partir. Les coûts étaient minimes, la CAF prenant en charge une grande partie des frais, ce qui rendait la proposition attrayante. Me voilà donc en Auvergne, une véritable évasion, un peu d'apaisement retrouvé, et le sentiment d'insouciance qui revient en moi.

À mon retour de cet été, finalement trop court, mon oncle, ravi, ne s'est pas fait attendre pour me récupérer tandis que moi, j'étais désespérée de retrouver cette réalité. Ce qui finalement avait ressemblé à une libération était terminé, et mon geôlier allait désormais pouvoir libérer ses pulsions avec allégresse.

Dans cette histoire, seul lui est heureux. Il vit ses fantasmes comme il le désire. Ses envies sont assouvies sans contrainte. Il a surtout le privilège de m'avoir à sa disposition. Maintenant, je fais partie de sa vie. Il a sa femme et moi : cela ressemble presque à un ménage à trois. C'est une vie quasi parfaite pour lui.

Mais il oublie une chose : maintenant, je ne suis plus une petite fille naïve. J'entre en rébellion. Je prends de l'assurance. Je veux transgresser les règles. Je me sens apte à le défier. L'adolescence, bien heureusement, je n'y échappe pas, et cela, il ne l'avait pas prévu. Bêtement, il me croyait prisonnière de son système, mais sa proie va commencer à lui résister. Tout manipulateur qu'il peut être, il a oublié que le temps passe et fait son œuvre. Un enfant, quel qu'il soit, perd immanquablement sa crédulité en grandissant. Il faut savoir désobéir pour apprendre. Et en matière de désobéissance, je m'y connais. Cet esprit contestataire que je développe, mon oncle ne le supporte pas. J'échappe à ses griffes. Parfois, je n'ai plus peur de dire non. J'ose. Je suis comme une femme qui se refuserait à son homme certains soirs. Mais ce que j'ignore encore, c'est que cet homme est doté d'un orgueil démesuré, accompagné d'une arrogance masculine sans limite. Il se révélera bien plus pervers que je ne l'imagine. Il ne tolérera pas que quelqu'un prenne le dessus. Le fait de s'opposer à lui dévoilera la véritable nature monstrueuse qui se cache en lui.

Avec le temps, ma tante commence sérieusement à manifester de l'animosité envers moi, voire de la défiance. Et peut-être de la jalousie. Il faut dire que jusque-là, mon oncle n'a jamais élevé la voix sur moi. Depuis quelque temps, sous l'effet de l'alcool, il lui arrive d'être violent verbalement avec sa compagne. Cela devait paraître injuste à ma tante car je bénéficiais toujours des attentions de mon oncle, qui continuait à me gâter. La relation tendue entre ma tante et moi ne s'est pas améliorée lorsqu'un certain soir, elle nous a surpris sur le canapé. C'était devenu coutumier : une fois de plus, il m'avait fait asseoir sur le canapé du salon pour regarder un film pornographique. Pour cela, il attendait toujours que ma tante se soit endormie.

Au moment où il commençait à baisser son pantalon, la porte de leur chambre s'est ouverte subitement. Elle était là, à environ deux mètres de nous. Mon oncle s'est dressé aussitôt tout en relevant prestement son pantalon. Son geste était maladroit, franchement suspect. Tandis que moi, je me rasseyais le plus discrètement possible, l'air innocente. Je me faisais toute petite, pour me faire oublier. J'avais tellement honte que j'aurais aimé disparaître si j'en avais eu le pouvoir. Le temps semblait s'être arrêté, pesant, comme une éternité. Rien n'était naturel dans nos gestes et dans nos regards, tous les deux nous cherchions à échapper à la confrontation visuelle avec ma tante. Nous étions de très mauvais acteurs.

Le mutisme régnait dans la pièce, augmentant l'embarras de la situation. Elle nous a regardés fixement, l'air abasourdie, tandis qu'elle semblait se trouver à mi-chemin entre le sommeil et l'éveil. Puis elle a détaillé scrupuleusement le salon. Son regard s'est arrêté sur l'écran de télévision qui était allumé, mais heureusement, le film pornographique n'avait pas encore commencé. Qu'aurait-il bien pu dire pour se justifier si cela avait été le cas ? De toute façon, je me sentais coupable de quelque chose dont j'avais bien conscience que ce n'était pas normal. Un instant j'ai cru qu'elle me porterait secours, mais j'avais tort. Sur un ton qui me sembla glacial, elle nous a interpellés :

—Mais qu'est-ce qui se passe ici ?

Mon oncle a répondu en éludant avec aplomb :

—Mais rien, on regarde la télévision.

Que peut-elle bien avoir réellement pensé à cet instant ? Soit elle était stupide de nature, soit elle préférait simplement faire l'ignorante, par peur de représailles. Mais une adulte responsable aurait cherché à connaître le fin mot de cette scène étrange. N'était-il pas curieux que je sois assise sur le canapé à cette heure tardive, alors que j'étais censée être au lit ? Il était minuit passé et j'étais supposée dormir depuis deux heures. Cela aurait dû la faire réagir.

Sans un mot, elle m'a jeté un dernier coup d'œil, a haussé les épaules et est retournée se coucher.

Quelques jours plus tard, Clara, la fille de ma tante, issue d'un premier mariage de cette dernière, était en visite en l'absence de mon oncle. Certains samedis, il lui arrivait de devoir faire des heures supplémentaires à son usine. Même si ma tante n'était pas particulièrement sympathique, au moins, j'avais un peu de tranquillité. Ce jour-là, je m'étais installée devant la télévision pour regarder des dessins animés, mais mon esprit n'était pas serein. J'entendais, dans la cuisine, les chuchotements discrets d'une conversation qui justement me concernait. La mère relatait à sa fille cette scène où elle nous avait surpris dans le salon en pleine nuit. Sa fille semblait être son seul exutoire, sa seule confidente. Cette curieuse situation dans laquelle elle m'avait vue n'a jamais été révélée à personne d'autre. Depuis ce jour, sa fille me regardait avec dégoût et le peu de paroles qu'elle m'adressait étaient empreintes de mépris. Ses soupçons ne m'étaient pas favorables. La seule personne blâmable, c'était moi. Et la seule personne à plaindre, c'était ma tante ! Elle endurait ma présence malfaisante. J'étais dérangeante, je provoquais le mal. Lui ne pouvait qu'être la victime d'une indigne petite allumeuse, qui le manipulait pour obtenir tout ce qu'elle voulait de lui.

Dans la journée qui a suivi, je n'étais pas à l'aise. Le regard qu'elle m'adressait exprimait le dégoût à mon encontre. J'étais condamnable, responsable des tentations libidineuses de mon oncle. Lui, le pauvre homme, était excusable. Comment résister aux tentations d'une jeune fille lascive ?

J'étais révoltée. C'était injuste. Cette circonstance aurait pu mettre fin à mon calvaire si ma tante avait eu le bon sens de considérer mon oncle comme le seul initiateur. Mais peut-être que cela l'arrangeait bien d'imaginer que je ne pouvais être qu'une sale gosse immorale. Par quelle sorte de mécanisme intellectuel peut-on se persuader que son compagnon est vierge de tout soupçon lorsqu'on le retrouve le pantalon baissé, dans une position doutcusc, devant une petite fille ? En le disculpant, elle lui permettait de continuer à assouvir ses fantasmes dans la joie et l'allégresse. Même s'il est fort probable que ma tante avait peur de lui et préférait lui trouver des excuses pour se protéger de toutes représailles. Sa fille, elle, ne pouvait pas faire l'ignorante. Elle avait assez de recul pour amener sa mère à la raison. Elle ne pouvait pas la laisser interpréter en faveur de mon oncle de telles ignominies. Il fallait être déraisonnable pour s'en tenir à l'idée que je n'étais qu'une petite allumeuse. Aujourd'hui, à mes yeux, cette complaisance les rend toutes les deux complices d'un délinquant sexuel qui pouvait, après moi, répéter sans fin le même scénario auprès d'autres petites filles.

Par la suite, la relation entre ma tante et moi est devenue ouvertement conflictuelle. J'étais déconcertée. Cette injustice qui me rendait plus coupable que victime me faisait enrager et m'incitait à devenir chaque jour un peu plus rebelle envers mon oncle. Mais le fait de me refuser à lui attisait sa colère. Malheureusement, c'était ma tante qui trinquait. Plus je le repoussais, plus il s'irritait, et plus leur relation se dégradait. Sa consommation de pastis augmentait. Les mots et les gestes envers ma tante devenaient plus excessifs, plus provocants. C'était automatique : plus je me refusais à lui, plus sa frustration se manifestait sur sa compagne. Voilà que soudain, il ne pouvait plus assouvir ses pulsions à souhait. J'avais brisé le confort auquel il s'était habitué depuis des années.

Paradoxalement, à cette période, alors que leur couple était sous tension, ils se sont mariés. À vrai dire, j'avais du mal à comprendre leurs sentiments au regard de cette décision. C'était donc cela, l'amour : les conflits verbaux, les bousculades physiques… Je n'avais connu que cela toute mon enfance dans mon cercle familial. C'était presque ma norme. Fallait-il se haïr pour s'aimer ? Étrangement, je voyais parfois à la télévision un monde où l'on s'aimait. Était-ce donc des chimères ? Moi qui étais confrontée à cette réalité, je ne cessais de me poser cette question dans ma tête de gamine. Il faudra du temps pour que je comprenne que le vrai sentiment amoureux existe dans la quiétude. Qu'il existe un autre monde bien différent, et pas aussi brutal que celui où j'ai grandi.

C'était un remariage pour tous les deux. Ma tante avait eu trois enfants avec son ex-mari : Benoît, Rémy, et Clara, dont j'ai déjà parlé. Tous étaient adultes. Du côté de mon oncle, Béatrice, qui avait quinze ans de plus que moi, était issue d'un précédent mariage. C'est cette cousine qui avait averti mes parents des agissements incestueux de son père envers elle. À quinze ans, elle avait eu le courage de dénoncer son père. Il avait écopé d'une peine d'un an et demi de prison pour attouchements sexuels. Depuis, elle n'avait jamais souhaité renouer avec lui.

Plus tard, à l'âge adulte, nous aurons l'occasion d'échanger nos expériences à propos de son père. Elle m'expliquera avoir eu de la chance, enfin si on peut parler de chance. Avec elle, il s'était contenté d'attouchements. Ce qui était suffisamment grave pour le condamner. Finalement, la prison n'a pas eu l'effet escompté, elle n'a pas réussi à lui faire prendre conscience de la gravité de ses actes. Les récidivistes posent un problème sérieux, et il est temps que les responsables politiques prennent des mesures fermes et efficaces. Il est nécessaire que les décideurs se réunissent sérieusement autour d'une table pour trouver des solutions durables, plutôt que d'attendre que le sujet fasse la une des médias tous les trois ou quatre ans pour en parler. Trop souvent, nous sommes témoins de drames. J'estime que notre société est en partie responsable lorsque la vie d'un enfant est en danger à cause d'un pédocriminel anciennement condamné qui se promène impunément dans la nature. Il est essentiel de se rappeler que cela pourrait affecter vos propres enfants ou petits-enfants, et nous devons agir collectivement pour prévenir de tels événements tragiques.

Le mariage n'a donc rien apaisé dans leur relation. Lui buvait de plus en plus et maltraitait davantage sa femme. Parfois, quand il allait trop loin, ma tante, qui avait tout de même du tempérament, lui répliquait. Il ripostait en la giflant devant moi.

Un jour, je refuse catégoriquement sa pulsion sexuelle. Il insiste, mais je ne plie pas. Frustré, il m'ordonne de lui apporter une bouteille de Ricard. Il vide les verres les uns après les autres tout en ronchonnant. L'alcool l'enivre rapidement, à en perdre la raison. Ma tante, qui était absente, rentre et découvre son mari dans un état pitoyable. Mécontente de le voir ainsi, elle lui ordonne d'arrêter de boire. Furieux, il se lève de table, se jette sur ma tante et la frappe au visage. Comme un boxeur K.-O. sur le ring, elle s'écroule et dans sa chute, se cogne violemment la tête sur le mur d'en face. Elle est inconsciente. Je suis d'abord stupéfaite. Je comprends que ce ne serait pas arrivé si j'avais répondu à ses envies. Je prends conscience qu'il peut maintenant être aussi violent envers moi qu'envers ma tante. Il faut que je trouve un moyen pour m'échapper. J'ai beau avoir connu chez mes parents des scènes de ménage, jamais je n'ai vécu une telle violence.

Alors, par instinct de survie, je me précipite vers la porte de sortie pour sauver ma peau. Malheureusement, il est plus proche de la porte que moi et la ferme à double tour. Je ressens une telle frayeur que je serais capable de sauter par la fenêtre pour m'enfuir loin de ce maudit appartement.

Son regard m'épouvante encore plus, ses yeux rougis par l'alcool sont comme sortis de leurs orbites. Je me sens prise au piège, terrifiée à l'idée qu'il me frappe, je m'écroule en larmes, toute tremblante. J'ai réellement peur de mourir, je hurle à pleins poumons. Il approche son visage à quelques centimètres du mien :

— Voilà ce qui arrive quand tu ne veux pas ! Maintenant, ce sera comme ça à chaque fois que tu diras non ! Tu as vu ce qui lui est arrivé ? C'est ta faute ! C'est à toi de voir.

Puis ma tante revient à elle, le visage ensanglanté, complètement sonnée. Moi, je sanglote toujours, sans pouvoir m'arrêter. Je me sens soumise à lui.

La prochaine fois, je devrai satisfaire ses besoins. Ce n'était pas un choix : je devais me donner à lui.

La violence de mon oncle n'exprimait pas uniquement un chantage ; cela démontrait aussi qu'il franchissait un nouveau cap. Il commençait sérieusement à perdre pied et à ne plus contrôler ses pulsions. Depuis cette scène, j'étais effrayée à l'idée de revenir chez lui. Je faisais des pieds et des mains auprès de mes parents pour ne pas retourner dans cet enfer. Mais en vain : ils ne comprenaient pas. Comment auraient-ils pu savoir ? Je continuais à taire ce cauchemar que je vivais depuis maintenant quelques années. Ce silence me pesait, mais j'avais peur de parler, que tout cela se retourne contre moi : il avait su me manipuler, me soumettre complètement.

Après cet épisode violent, je ne saurais pas comment l'expliquer, mais la relation entre ma tante et moi a évolué. C'était très curieux, comme si elle connaissait ce secret et le partageait avec moi. J'avais l'impression qu'elle comprenait que nous étions désormais dans la même galère, prises au piège de la cruauté de mon oncle. Je n'étais plus la petite princesse pour lui, mais plutôt sa complice involontaire. Elle semblait reconnaissante que, ce jour-là, j'aie été là pour l'aider à se relever après qu'il l'avait violemment frappée. Depuis ce moment, une forme d'affection silencieuse avait émergé entre nous, marquée par des gestes empreints de compassion et des échanges de regards de détresse. Chaque fois qu'il buvait trop, nous nous faisions toutes petites dans notre coin, obéissant à ses désirs du fait d'une peur paralysante qui nous unissait dans notre vulnérabilité. Aurait-elle pu avoir le courage de dénoncer les agissements sordides de son mari envers nous deux ? Après tout, je ne pouvais pas lui en vouloir. Je comprenais bien qu'elle était aussi victime que moi. Sans doute avait-elle très peur de lui désormais.

C'est cela la force des pervers : ils maîtrisent parfaitement la manipulation. De l'extérieur, il semble pourtant facile de se libérer de ce genre d'hommes : il suffirait de se sauver et de parler. Aux yeux de beaucoup de gens, seules les personnes naïves et faibles peuvent être les proies de ce genre de monstre. Mais la réalité est tout autre : c'est une aliénation, cela veut dire qu'un manipulateur arrive à entrer dans votre cerveau et à vous déconnecter des réalités.

Mon oncle était conscient que ma relation avec mes parents était compliquée, ce qui rendait aisé pour lui de me faire croire que si je parlais, je serais blâmée. Et je m'inquiétais que mes parents sachent. Il faut bien comprendre que de nombreux délinquants sexuels sont en réalité des « pervers opportunistes » qui choisissent délibérément leurs victimes en fonction de leur vulnérabilité du moment. De nombreux témoignages de victimes mettent en lumière des situations familiales difficiles : leur jeune âge lors du premier passage à l'acte de leur bourreau, et souvent leur position particulière face à une autorité. Tout cela montre que, malheureusement, il est excessivement simple pour n'importe quel enfant de croiser la route d'une personne malveillante, prête à exploiter la moindre faille.

De plus, c'était une époque où bon nombre de femmes maltraitées se taisaient. Bien plus que de nos jours. Ma tante était d'une génération où l'on se soumettait encore beaucoup à certains hommes machistes. Cela faisait partie des mœurs. Ces femmes masquaient derrière leur sourire une réalité bien moins heureuse. Mon oncle était un démon aux apparences angéliques. Comment pouvait-on lutter contre lui ? C'était un homme jovial en société, toujours prêt à faire rire tout le monde, bien vu de ma famille. Il rendait service à tous, et dès que l'un de ses proches avait besoin d'un coup de main, il répondait toujours présent. Il était celui sur qui on pouvait toujours compter. Il incarnait l'image même de la personne charmante. Comme quoi les apparences peuvent être trompeuses, et nul ne ressemble plus à une personne normale qu'un criminel bien dissimulé.

Au fil du temps, ma tante m'avait ouvert son cœur pour me confier sa stratégie secrète visant à rendre mon oncle plus docile, particulièrement lorsqu'il menaçait de devenir excessivement violent. Cette complicité inattendue nous insufflait de l'audace. La paix serait notre récompense. Pendant qu'elle préparait soigneusement un plat qu'il affectionnait, elle y incorporait habilement des somnifères. Elle pouvait s'en procurer facilement, car elle travaillait dans une maison de retraite. La dose était proportionnelle à son humeur. Ma tante aurait pu mettre la vie de son conjoint en danger si jamais la posologie avait été excessive. De surcroît, avant de savourer son plat, il avalait plusieurs verres de Ricard, ce qui avait pour effet d'intensifier l'effet anesthésiant du repas. Moi, je devais détourner son attention dans le salon. Pour maintenir notre petite ruse secrète, j'élaborais des jeux de cartes et de dés qui captaient totalement son intérêt. Je dois avouer que par moments, une certaine crainte m'envahissait, redoutant qu'il ne découvre notre petit subterfuge. Cela ajoutait un suspense presque insoutenable, qui ne prenait fin qu'une fois qu'il avait dévoré la totalité de son repas.

Quelques minutes après avoir avalé son « repas anesthésiant », il se vautrait dans le canapé puis il piquait du nez. Parfois, quand la dose était trop forte, il lui était impossible de rejoindre son lit. Le lendemain matin, il se réveillait dans ce divan maudit. Cette ruse nous permettait d'être en paix le temps d'une soirée. Moi, j'étais libérée de ses appétits sexuels. La nuit nous appartenait, pendant que le monstre dormait dans un sommeil artificiel.

Ma tante agissait-elle uniquement dans le but de se protéger, elle ? Je ne pourrai jamais le savoir. Mais, d'une manière ou d'une autre, elle était inconsciemment devenue mon ange gardien.

À quatorze ans et demi, j'ai été enfin autorisée à sortir librement dans la journée. Dans la cité de mon oncle, les immeubles s'élevaient en rangées parfaitement alignées. Et comme je grandissais, j'avais obtenu la permission de m'aventurer un peu plus loin. Dans un autre bâtiment, non loin du mien, habitait une copine, Flavie, qui avait un frère d'un an de plus que moi. Il avait une allure rebelle, avec des cheveux blonds et des yeux d'un bleu profond. Ce garçon, qui s'appelait Romain, dégageait une grande confiance en lui et se comportait déjà comme un chef de bande. J'étais éperdument tombée amoureuse de lui, car en plus de sa prestance que je trouvais impressionnante, il me procurait un sentiment de sécurité. J'éprouvais des sensations qui m'étaient jusque-là inconnues comme ces fameux papillons dans le ventre. En sa présence, je devenais un peu « fofolle » et j'avais des éclats de rire incontrôlables. C'était un vrai coup de foudre ! La vie avait mis sur mon chemin une personne qui allait m'offrir une bouffée d'oxygène. Pour la première fois de mon existence, un véritable sentiment de bonheur m'envahissait.

En sa présence, la brume opaque qui m'entourait s'évaporait. Sa simple existence injectait de l'énergie dans ma vie, donnait une échappatoire à mon calvaire. J'appréciais chaque instant, savourais ce que la vie pouvait donner de beau et de bon. Avec lui, j'explorais un sentiment d'amour véritable, découvrant une part de moi capable d'affection. Je me sentais enfin normale. Sous son regard, je me sentais moi-même, sans masque ni peur.

Savoir que j'allais retrouver mon amoureux m'incitait à moins traîner les pieds chez mes parents pour retourner chez mon oncle.

Au début, nous avions une relation chaste. Puis, de fil en aiguille, la confiance et les ardeurs ont chassé la pudeur. Les simples baisers innocents sont devenus plus langoureux. Et j'ai cédé aux plaisirs bien plus charnels avec mon amoureux. J'étais en confiance. J'avais un réel désir pour lui.

Et le traumatisme, dans tout cela ? En effet, quatorze ans et demi pour une première relation sexuelle, c'est jeune. D'autant que j'étais une adolescente qui subissait un véritable calvaire. Curieusement, je n'ai pas ressenti de craintes, j'étais moi-même. Je me sentais en sécurité, et peut-être avais-je aussi besoin de me rassurer. De comprendre ce qu'est véritablement le plaisir. C'était mon choix. Comme dans toutes les cités, tout finit par se savoir. Fatalement, mon oncle apprend que je fréquente un petit ami. Un jour, l'air malin, il ne peut s'empêcher de s'informer :

—J'ai appris que tu avais un petit copain.

Puis il ajoute :

—Tu l'as fait ?

Je ne veux rien lui avouer, c'est mon jardin secret. Alors il continue :

—Tu sais, je ne suis pas fou, à ton âge, je sais comment cela se passe.

Son insistance oppressante me fait peur. Alors je cède et avoue piteusement.

Lui révéler cette vérité me garantissait de revoir mon petit ami, mais en contrepartie, cela lui permettait de renforcer un peu plus son emprise sur moi.

Finalement, je lui appartenais encore plus. Il s'immisçait dans les moindres recoins de mon intimité, rien pour lui ne devait être secret. Pire encore, cet aveu était du pain béni, une formidable aubaine. Jusque-là, il ne m'avait jamais déflorée. Il restait très précautionneux de peur d'être incriminé. Il en avait fait l'expérience auparavant. Désormais, je n'étais plus vierge, quelqu'un s'en était occupé pour lui. Il pouvait enfin sans souci me faire des pénétrations vaginales.

Cette première histoire amoureuse avec Romain est quelque chose de magique. Je découvre un nouveau sentiment. Pour la première fois de ma vie, je compte pour quelqu'un. Je me sens libre avec lui, tout est possible. Il ne cherche pas à me posséder, je ne me sens obligée à rien. Tout est naturel avec lui.

Quand j'arrivais chez mon oncle, je ne perdais pas une seconde pour rejoindre Romain. Mais avec le temps, je ressentais un malaise dans ma relation sentimentale. Jamais je ne lui avais confié ce qui se passait depuis des années. Ce secret, je l'enfouissais au plus profond de moi lorsque j'étais en sa présence. Je me donnais l'illusion que je pouvais oublier ce calvaire. Je voulais ressembler à toutes les adolescentes. Être normale. Une fois les premiers émois amoureux passés, ce ténébreux silence qui m'était imposé m'avait vite ramenée à la réalité. Plus j'avançais dans ma relation amoureuse, plus j'avais l'impression de mener une double vie, étrange sentiment pour une petite adolescente. Cela devenait insupportable à vivre : j'avais l'impression de trahir mon chéri, de piétiner notre pacte amoureux. Je me sentais hypocrite. Je culpabilisais. Je n'étais pas fière de moi. Je me sentais redevable envers Romain. Je ressentais de plus en plus de dégoût lorsque je devais céder mon corps à cet oncle, toujours plus rongé par ses obsessions. C'était écœurant. Lorsqu'il me touchait, je me retenais pour ne pas vomir. Je ne pouvais m'empêcher d'imaginer ce que mon petit ami aurait pensé de moi s'il avait su.

Je redoutais, en me confiant à lui – et en admettant qu'il me croie –, que sa nature impulsive et son instinct protecteur ne le conduisent à se rendre chez mon oncle pour résoudre les choses violemment. J'appréhendais que cela n'entache davantage ma mauvaise réputation au sein de ma famille, et ne me fasse passer pour une racoleuse. Une fois de plus, mes craintes irrationnelles me poussaient à imaginer les pires conséquences, par peur d'être jugée comme une personne indigne.

Comme je ne pouvais pas parler, il fallait que je me libère seule de cette tromperie, que je mette un terme à cette comédie. Cela m'était indispensable. Quasiment un an après notre rencontre, j'ai affronté la souffrance de quitter mon petit ami, sans explication. Moralement je me libérais d'un lourd mensonge ; j'avais l'impression de le libérer aussi, sans qu'il le sache. Cette résolution a été la cause d'une vive douleur sentimentale. Un premier grand amour est essentiel pour devenir une femme. Moi, je n'avais pas le choix, je l'ai fait voler en éclats. C'était un suicide affectif. Comme toute adolescente, j'ai pleuré pendant des jours, pensant que je ne retrouverais plus le grand amour. Mais ce qui rendait ce déchirement plus douloureux, c'était la détresse de devoir rester encore longtemps à la merci de mon oncle. J'étais désespérée à l'idée de ne pouvoir jamais vivre une histoire sentimentale comme toutes les filles de mon âge. Bien entendu, Romain est resté dans l'incompréhension. Il est venu chez mes parents pour obtenir des explications, mais j'ai préféré ne pas le voir et je me suis murée dans le silence. Il comprendrait bien des années plus tard…

Quelque temps après cette rupture amoureuse, coup de théâtre : grâce à une relation de mes parents, je peux travailler sur les marchés tous les samedis et dimanches matin ainsi que pendant les vacances scolaires. Me voilà avec un alibi en béton pour ne plus aller chez mon oncle. Je vais enfin m'affranchir du joug de ce pervers. Même si je dois reverser la totalité de mon salaire à mes parents, je m'en fiche, je me sens libre ! D'une certaine manière, regagner ma position à leurs côtés chaque jour de la semaine, même si c'était pour leur bien, me procurait le sentiment d'exister, d'une manière ou d'une autre.

Durant la même periodc, notre famille va déménager et enfin connaître une période plus apaisée. Peut-être est-ce l'effet du changement de vie ? Nous quittons la banlieue, où nous avons toujours vécu. Le quartier dans lequel nous emménageons est radicalement différent. C'est une grande maison bourgeoise qui donne sur un boulevard.

Envolés, les tumultes et les cris qui étaient notre quotidien. Mes parents semblent plus sereins. Pour la première fois, je les vois manifester des gestes d'affection l'un pour l'autre. Cette nouvelle demeure semble nous apporter de bonnes ondes, cela ressemblerait à la maison du bonheur.

J'ai l'impression de basculer dans un autre monde, dans une nouvelle vie. C'est comme si j'avais traversé un tunnel et qu'au bout, je débouchais sur une lumière apaisante. Je sens comme une petite brise réconfortante sur ma peau et au loin, j'aperçois un océan sur lequel se pose un arc-en-ciel magnifique. Enfin, le bonheur est accessible.

Je ne suis jamais retournée chez mon oncle. Je ne le voyais que lorsqu'il rendait visite à mes parents.

Un an plus tard, j'ai appris qu'il souffrait d'un cancer de la langue. Il était hospitalisé. Mon père insistait pour que j'aille le voir et que je l'accompagne lors de ses visites à l'hôpital :

—Tu devrais aller le voir, il est mal en point, tu as passé beaucoup de temps chez lui. Il est très attaché à toi tu sais, ça lui ferait plaisir.

Une seule fois, pour ne pas vexer mon père, j'y suis allée.

Il était méconnaissable. C'était un homme complètement affaibli et amaigri. Je lui ai juste dit bonjour, et plus un mot. Pourquoi aurais-je dû ressentir de la compassion ? Parce qu'il était souffrant ? Non, même dans la douleur, sous cette enveloppe charnelle, il restait le même monstre. Cela n'effaçait en rien tout le mal qu'il m'avait fait subir !

Par mon regard, je voulais qu'il comprenne ce que j'avais sur le cœur. Il m'était toujours impossible de lui parler devant mon père, et, d'une certaine manière, il avait encore le dessus. À cette époque, si j'avais pu lui cracher à la figure, je l'aurais fait. J'aurais tant aimé pouvoir exorciser en paroles toute cette haine et cette douleur. Je voulais lui montrer que, malgré tout, je me tenais debout et que j'étais quelqu'un, contrairement à lui sur ce lit.

Il ne représentait plus rien pour moi. Je ne pourrais pas dire que j'étais satisfaite de le voir dans cet état-là, mais cela en avait l'apparence. Lui balbutiait quelques mots, mais son langage était incompréhensible. L'ablation d'une partie de sa langue l'empêchait pour le moment de parler. C'est peut-être idiot, mais j'espérais qu'avec ce bout de langue en moins, il ne pourrait plus infliger de supplice à d'autres. De façon irrationnelle, je me disais que le destin lui avait réservé une forme de châtiment. Peut-être que je me réconfortais en accueillant cette idée saugrenue.

Naïvement, et pendant longtemps, je n'ai jamais envisagé l'idée qu'il avait pu faire subir ces souffrances à une autre. J'avais tort.

5

Ce petit boulot sur les marchés m'a vite aguerrie et je me suis sentie à l'aise dans le monde du travail. Si, à l'école, au milieu de mes camarades, je me sens décalée, dans l'univers des adultes je suis comme un poisson dans l'eau. J'ai l'impression d'être plus à ma place car je me sens plus mûre que ceux de mon âge. Me lever tôt chaque matin ne m'effraie pas. Je ne redoute pas non plus les besognes ingrates. Très jeune, j'ai le goût de l'effort et de la débrouillardise.

Mon travail consistait à envelopper des volailles cuites. Cet emploi était basique, mais j'adorais ça. C'était un grand marché où je côtoyais toutes sortes de gens. Certains clients partageaient leurs histoires de vie, ils voyaient que je prêtais une oreille attentive à leurs propos, je devenais leur confidente. Pendant ce temps, en écoutant leurs petits tracas, et en voyant leurs sourires, j'oubliais les miens. Ils m'apportaient une nouvelle perspective en montrant que chacun avait ses habitudes, sa culture et sa propre manière de vivre.

Au milieu de tout cela, je me sentais utile dans cette société, et surtout loin de mon oncle.

L'année de mes quinze ans, mes parents ont pris la décision de me déscolariser, en considérant que j'étais inapte à poursuivre avec succès au collège. Ils pensaient que je perdais mon temps et que ma contribution aux besoins financiers de la famille était bien plus précieuse. Sur le moment, j'ai ressenti du bonheur à l'idée de ne plus aller à l'école, mais plus tard, j'ai compris à quel point le manque d'éducation et de diplôme pouvait être un handicap.

Ainsi, je décroche un poste de mise en rayon chez Monoprix, où ma mère effectue quelques heures par semaine. Elle avait déjà cinq enfants, et la dernière était âgée de trois ans. Les aînés étaient suffisamment grands pour être autonomes. Elle ressentait le besoin de s'investir autrement qu'en restant à la maison à élever des enfants. Elle a donc estimé, étant donné que mon père n'exercait plus d'activité professionnelle, ou plutôt ne voulait plus le faire, qu'il pouvait bien s'occuper d'eux pendant qu'elle travaillait. De plus, elle n'avait qu'à traverser la rue, le magasin était en face de chez nous.

Au travail, je rencontre Thomas, un charmant jeune homme blond aux yeux bleus, âgé de vingt et un ans. Il est grand, un physique de colosse doté d'un éternel sourire enfantin qui contraste avec sa carrure. Pas insensible aux charmes de ce garçon, très vite je m'éprends de lui. Les premiers temps de notre relation, je m'entends très bien avec lui. Il me convient tout à fait, car il a un comportement d'adolescent dans un corps d'homme mûr.

L'année de ses douze ans, Thomas a contracté une méningite foudroyante qui l'a plongé dans le coma. Depuis, ses capacités mentales sont sérieusement affectées, ce qui entraîne un retard psychique qui l'empêchera d'évoluer normalement tout le reste de sa vie. En quelque sorte, il est resté bloqué dans l'adolescence. De toute évidence, il n'attire pas les femmes de son âge. Mais du haut de mes quinze ans, il me plaît, et je ne ressens absolument pas la différence d'âge. Son petit handicap est pour moi un véritable confort, j'ai le contrôle de tout dans cette relation. Je suis libre de mes faits et gestes, et surtout de ce que je veux et ne veux pas, je me sens donc en sécurité.

Ce qui est curieux, c'est que cela n'a choqué aucune de nos familles, cette relation entre un jeune adulte et une adolescente.

Deux années passent. Thomas et moi sommes toujours en couple. Mais un fossé se creuse entre nous deux. Je me comporte comme une adulte responsable tandis que lui reste immature.

Je souhaite évoluer professionnellement. Et je commence à aspirer à une vie plus autonome. Pour cela, je dois trouver un emploi à temps plein, car plus je passe de temps loin de chez moi, mieux je me sens.

Mon besoin de m'échapper de mon environnement familial grandit de jour en jour.

Par bonheur, en face du Monoprix où je travaille, un magasin alimentaire haut de gamme propose un poste en CDI. Malgré mes dix-sept ans, le patron est séduit par mon profil et m'embauche sur-le-champ. Je présente bien et j'ai déjà de l'expérience dans le monde du travail. Cet emploi, j'en suis très fière. C'est un lieu où il faut être maquillée et apprêtée avec classe. Très vite, j'apprends les codes dans ce milieu où il faut faire preuve de prestance et parler un langage qui ne doit pas dépareiller avec celui de la clientèle. Je ne demande qu'à évoluer et à apprendre. Mais cette maturité crée encore plus de décalage dans mon jeune couple. Je sens qu'il me manque quelque chose auprès de Thomas. On ne se comprend plus. Lui est encore un enfant et moi, j'ai une vie d'adulte qui travaille cinquante-six heures par semaine. De plus, je me sens responsable car je verse la quasi-totalité de mon salaire à mes parents.

À présent, chaque jour me pèse un peu plus dans notre relation amoureuse. J'ai d'autres besoins, d'autres attentes, et lui se sent perdu avec moi. Il ne me comprend plus, j'ai trop vite grandi pour lui. C'est ainsi que, d'un commun accord, nous décidons de mettre un terme à notre histoire. Mais j'ai beau être réfléchie, je suis encore naïve : j'accepte de faire un absurde câlin d'adieu. J'éprouve de la culpabilité, alors je veux lui offrir ce dernier instant, même si mes sentiments se sont éteints. Avec cette dernière étreinte, j'ai l'impression étrange de laisser derrière moi une part de mon enfance.

Plus tard, avec l'expérience, je comprendrai que cela est stupide. Faire l'amour une dernière fois avec une personne avec qui l'on veut rompre est au fond une erreur. Parfois, cela ne fait qu'anesthésier la douleur de la séparation pour celui qui en souffre le plus et, quand elle se réveille, c'est bien plus violent.

Thomas souffrait certainement de notre séparation et a dû agir sans réfléchir aux conséquences. Lors de nos rapports sexuels, je ne me protégeais pas mais, heureusement, mon partenaire, malgré son petit retard mental, savait maîtriser son coït. Je m'étais renseignée sur le cycle menstruel ; ainsi je savais calculer et respecter les périodes d'abstinence ou éviter toute éjaculation vaginale. Donc, je lui indiquais cela chaque mois, et il le respectait. Cependant, ce que je ne savais pas, c'est que ce n'était pas cent pour cent sans risques.

Lors de cette dernière « relation d'adieu », Thomas m'a dit tout à coup :

— Tiens, je te laisse un cadeau.

Cela m'a surprise, mais j'ai tout de suite pensé naïvement qu'il y avait peu de probabilité que je puisse être enceinte vu la période de mon cycle. Puis le soir même, en y repensant dans mon lit, j'ai cherché à me rassurer, pensant que le sort ne pouvait pas m'infliger cela, que je ne tomberais pas enceinte. Une part de moi restait anxieuse, consciente des risques auxquels je m'étais exposée. Puis je me suis efforcée, certaine que je me faisais des idées, d'oublier cet incident.

C'est difficile à imaginer, mais à l'époque, dans encore beaucoup de familles, le sexe était un sujet tabou. Alors, aborder le thème de la contraception entre mère et fille relevait du domaine de l'utopie. Dans des familles comme la mienne, la pudeur n'était pas une religion mais cela y ressemblait. Par conséquent régnaient un silence et une ingénuité qu'on ne peut même pas concevoir aujourd'hui. On prenait donc des risques inconsidérés de grossesse, sans parler des maladies sexuellement transmissibles.

Quelque temps après ma rupture avec Thomas, lors d'une soirée animée à la patinoire, j'ai rencontré Arnaud. Il avait dix ans de plus que moi. Cela faisait un moment que je n'avais plus de sentiments pour mon ex-petit ami, j'étais donc ouverte pour une nouvelle rencontre sentimentale. Mais cette fois-ci, avec un homme plus mûr.

Un mois et demi après notre rencontre, je suis toujours avec Arnaud. Mais j'angoisse car je n'ai toujours pas mes règles. Rongée par les remords de ce câlin d'adieu, j'entends tout à coup cette fameuse phrase qui résonne dans ma tête : « Tiens, je te laisse un cadeau. » Paniquée, je fais un test de grossesse. Positif. Cet homme-enfant a donc bien tenu sa parole, me laissant une « offrande ».

Mais si belle soit la procréation, si beau est-il de donner la vie, je n'étais pas prête. D'abord parce que ma relation avec Arnaud était encore trop récente. Et puis, qu'allait-il penser de moi ? J'étais encore trop jeune. Mais le plus épouvantable, c'étaient mes parents ! J'avais honte et je craignais leur réaction. Dans mon désarroi, j'ai préféré laisser croire à mon nouveau compagnon que j'étais enceinte de lui. Sidéré par cette surprenante nouvelle, le pauvre ne comprenait pas. C'était un homme aguerri, la tête sur les épaules, qui, lors de mes périodes d'ovulation, mettait des préservatifs. À aucun moment il n'a mis en doute ma parole ou imaginé que j'aurais pu avoir une relation avec un autre homme. Il me pensait honnête, ce qui me touchait. Alors, comment aurais-je pu lui avouer que j'avais fait cette bêtise avec mon ex-compagnon peu de temps avant notre rencontre ?

Par chance, je n'avais physiquement aucun signe visible de grossesse. Mon ventre restait plat, ce qui facilitait le mensonge selon lequel c'était plus récent qu'il ne le pensait. Je n'étais pas fière de moi. J'étais en train de devenir maîtresse dans l'art de la manipulation, une compétence que j'avais acquise au fil des années pour sauver mon honneur et me protéger. Mais cela m'effrayait, car je découvrais à quel point il était facile de manipuler quelqu'un. J'ai eu peur de ce que je pouvais devenir, je ne voulais en aucun cas ressembler à mon oncle. Je perçois le mensonge comme une arme potentiellement nuisible, capable de causer du tort et de blesser. Alors, je me suis fait le serment de ne plus fabuler de cette manière.

Bien entendu, il n'était pas question de garder cet enfant. Il était impératif que je puisse avorter rapidement.

Je n'avais que dix-sept ans et demi. À l'époque, un mineur devait avoir obligatoirement l'autorisation des parents pour une IVG. Par peur de m'attirer leurs foudres, j'ai laissé filer le temps. Seulement, la fin du délai légal pour un avortement approchait. J'ai donc fini par avouer. Ma mère, qui avait été enceinte adolescente, était catégoriquement contre l'avortement et même opposée à toute forme de contraception. Elle qui était athée avait ironiquement des convictions très proches de celles de l'Église en ce qui concerne ces sujets. Pour finir, ses enfants sont presque tous des accidents.

À force de tabous, j'ai fini par reproduire la même erreur qu'elle. Mais compte tenu de ma situation, elle a fini par admettre, sans doute par intérêt financier, que l'avortement était une meilleure option. Après de sévères leçons de morale, mon père m'a malgré tout accompagnée à l'hôpital. Sur la route, il me parlait, mais je ne l'écoutais pas. J'étais trop angoissée par la peur de cet acte. Ma mère m'avait tellement effrayée à ce sujet !

J'ai détesté ce qui s'est passé. Quelques instants après avoir avalé le cachet, je me suis retrouvée nue devant un médecin et deux infirmières. J'avais honte, l'impression que ce que je vivais était une humiliation, une punition pour ne pas avoir été prudente. Très vite, j'ai ressenti des douleurs utérines plus intenses que des règles et dans le bas du dos. Au bout de deux heures, j'ai eu de sévères spasmes, alors une infirmière s'est mise en face de moi avec un récipient, et j'ai senti quelque chose être expulsé de moi avec un surprenant « plouf » qui a résonné dans une bassine en aluminium. C'était fini. L'avortement a eu lieu une semaine avant la fin du délai autorisé.

Ce geste médical, pas si anodin, m'a aidée à prendre conscience de cette bêtise que j'avais faite avec Thomas. Ne voulant pas revivre cette expérience, j'ai finalement adopté une contraception.

Je suis à peine majeure et désormais je porte sur mes épaules de plus en plus de responsabilités financières pour le bon fonctionnement de notre foyer familial. En effet, mon père était sujet aux ulcères de façon récurrente. Puis cela s'est aggravé en une péritonite. Et c'est après son long séjour à l'hôpital qu'il décide d'arrêter de travailler définitivement. Après de nombreuses démarches ingénieuses, il se fait reconnaître en invalidité – la nature exacte de son handicap me restera à jamais un mystère. En tout cas, il estime être trop fatigué et le monde du travail ne lui convient plus. Il se sent plus heureux dans l'oisiveté, sans ambition professionnelle. Ainsi, ma contribution financière devenait vitale puisque j'évitais à mon père de travailler. Mais je supportais de moins en moins cette vie. J'accumulais la fatigue, cela devenait invivable à la maison. Il m'arrivait par moments de me sentir comme un troisième parent. Mes frères et sœurs criaient, hurlaient et jouaient jusqu'à pas d'heure le soir, alors que moi, je me levais très tôt et rentrais très tard du travail. J'avais envie de liberté, qu'on me respecte. Inévitablement, cela créait de plus en plus de tension entre nous. Mon père, qui avait sans doute trop vite oublié ce qu'était la fatigue due au travail, n'admettait pas mon mécontentement. Dans l'indifférence, il préférait me dire : « Tant que tu vis ici, tu fais ce qu'on te dit. »

J'ai très bien retenu la leçon. Face à cette situation, je me questionnais : à quoi bon leur faire profiter de mon salaire si je n'obtenais pas le respect que je méritais ? En effet, je n'avais pas de loyer à payer, mais je n'étais pas en paix, je ne ressentais aucune sérénité. Il était temps de prendre mon indépendance, de gagner en autonomie financière, loin des contraintes familiales qui pesaient sur moi.

Ainsi, à dix-huit ans et un mois, j'ai emménagé avec Arnaud dans mon premier appartement. Je me suis retrouvée dans un petit appartement miteux, infesté de cafards, situé au-dessus d'un restaurant en plein milieu d'un carrefour où les voitures faisaient un vacarme assourdissant. Ce quartier était considéré comme dangereux la nuit, mais tout cela m'était égal, car désormais, je disposais de la totalité de mon salaire. Auparavant, chez mes parents, je leur reversais presque quatre-vingt-dix pour cent de mes revenus. Désormais, j'étais libre et maîtresse de mon destin.

Chaque matin, pour me rendre au travail, je passais beaucoup de temps dans les transports, d'autant que mon petit appartement était plus loin que lorsque j'habitais encore chez mes parents. Ma mère a eu l'étonnante générosité de m'offrir une petite moto. Et cela évitait ainsi à mon compagnon de m'accompagner en voiture et de perdre du temps dans les bouchons parisiens. Elle avait acheté ce 50 cm^3 à crédit. Mais comme les finances de mes parents n'étaient pas au beau fixe, ma mère n'a jamais pu honorer les traites de son emprunt.

Je découvrirais qu'en réalité, elle avait acheté cette moto pour elle. Ainsi, j'ai reçu le cadeau avec la facture. J'éprouvais tellement de peine pour ma mère que je me sentais redevable de leur avoir retiré du pouvoir d'achat. Finalement, cette histoire m'a facilité le déplacement pour aller au travail.

Avec Arnaud, les six premiers mois de notre relation amoureuse sont idylliques. Mais très vite, nos rapports intimes sont sujets à frictions et notre couple se dégrade. Mon compagnon commence à être de plus en plus demandeur d'exotisme au lit. Il est vrai que je suis une jeune adulte n'ayant aucune idée de fantaisie, mais ma sexualité me convient très bien comme cela. J'ai simplement envie de douceur et de beaucoup d'affection. D'une certaine manière, je suis devenue une experte dans ce domaine, ayant malgré moi expérimenté un aspect néfaste de la sexualité dont je ne veux plus. Heureusement, j'ai eu la chance de connaître la tendresse avec mon premier petit ami, Romain.

Certaines personnes qui ont vécu comme moi des actes de violence sexuelle ont parfois des traumatismes indélébiles et ainsi leur perception de l'intimité est affectée. Pour ma part, accepter d'être touchée était déjà un progrès, presque un miracle, car j'aurais pu ne jamais plus supporter de voir un homme nu.

Selon lui, je suis coincée et peu expressive. C'est un homme ayant beaucoup appris auprès de femmes plus âgées et expérimentées que moi. Plus il m'oblige à pratiquer des choses osées, plus je me refuse à lui. Par conséquent, je me renferme et lui se sent frustré. Lorsqu'il tente d'aborder le sujet afin de comprendre, je m'enferme dans un mutisme de plus en plus mystérieux pour lui. Fatalement, cela devient de plus en plus conflictuel et déborde sur le reste de notre relation.

À nouveau, un homme me force à faire des choses dont je n'ai pas envie. Et je me sens sous l'emprise de quelqu'un, un peu prisonnière de ses désirs. Je ne maîtrise plus ma vie, on nie mes choix. À force de revenir sans cesse sur le sujet, je finis par m'exaspérer. Je commençais tout doucement à regagner confiance en moi. Du moins je le croyais. Je pensais avoir triomphé de l'impensable et je m'obstine à ne pas laisser le passé ressurgir. Je refuse donc catégoriquement de retomber dans la faiblesse, craignant de redevenir vulnérable. Il est vital que je conserve le contrôle absolu sur mon propre corps. Je redoute qu'un autre me le subtilise à nouveau. Alors un jour je craque. J'explose :

—Contrairement à ce que tu crois, en matière de sexe, je ne suis pas une novice !

—Mais qu'est-ce que tu racontes ? me répond Arnaud, abasourdi.

—Je te parle de sévices sexuels, de viols !

—Qu'est-ce qu'on t'a fait ? Raconte-moi, Iris.

—Des fellations, des sodomies, tous les délires inimaginables d'un homme détraqué… Qu'est-ce qu'il faut que je te dise de plus, pour que tu me comprennes enfin ?

J'espérais que ces quelques précisions seraient suffisantes.

—Qui t'a fait ces choses dégueulasses ? insiste-t-il, très énervé.

—Je te parle de mon oncle qui m'a violée jusqu'à mes quinze ans. Et mes parents ignorent tout de cette affaire, je voulais que personne ne le sache. Ça ne te suffit pas comme explication ?

—Si c'est vrai, ton histoire est dingue ! me dit-il d'un air stupéfait.

—Je ne raconte pas de mensonge.

Arnaud était la première personne à qui je révélais mon sombre secret. Ce n'était plus soutenable, je me sentais tellement mal vis-à-vis de lui… Ce fardeau était trop lourd à porter, il fallait que je me déleste pour qu'il me comprenne. J'espérais qu'enfin, quelqu'un serait de mon côté, que quelqu'un m'écouterait. Je veux mettre fin au poids du silence qui pèse sur moi, qui parfois me force à jouer un rôle qui n'est pas le mien. Je ne veux plus me taire, je ne veux plus subir. L'homme qui partage ma vie doit désormais connaître ma véritable histoire, découvrir la véritable personne que je suis.

Ce que j'avais enfoui secrètement bien au fond de moi me revient alors tel un boomerang dans la figure. Parler me libère, et je peux enfin donner des réponses à ses questions.

Effaré, Arnaud s'affaisse dans le canapé et plonge dans le silence. Pendant quelques minutes, il semble incapable de prononcer un seul mot. Il scrute mon regard, y cherchant confirmation de ce qu'il a entendu. Je m'approche de lui et, en le fixant intensément, je répète :

—C'est la stricte vérité !

Il me conseille d'en parler, d'alerter les autorités judiciaires, de révéler enfin ces atrocités pour qu'on me rende justice en tant que victime.

Devant sa colère, si juste soit-elle, j'ai pris peur. Je lui ai demandé de se taire à jamais. Je craignais de créer un tsunami familial, de bouleverser des vies. Et puis, allait-on me croire ? De toute façon, je me sentais toujours coupable.

Malgré ma volonté de maintenir le silence, il commençait à se montrer perplexe quant à la raison pour laquelle je n'avais jamais parlé de cet épisode de ma vie à quiconque. Son incompréhension se transformait en colère. Il ne pouvait pas concevoir comment quelqu'un pouvait garder un tel traumatisme enfoui en soi, sans chercher vengeance ou réparation. En somme, il pensait comme de nombreuses personnes : « Si tu ne parles pas, c'est que ce n'est pas si grave et que c'est peut-être même imaginaire ! » C'est aussi basique que cela. À mesure que la discussion se poursuivait, j'ai tenté de lui faire comprendre que ma décision de garder le silence était une tentative de survie, une façon de me protéger. J'ai expliqué que le poids de la honte, de la culpabilité et de la peur était écrasant et me poussait à garder ce secret enfoui en moi depuis toutes ces années. Plus je tentais de lui expliquer que je ne pouvais pas déterrer cette histoire, plus sa colère montait, et plus il mettait en doute ma parole.

Évidemment, ma confession ne m'avait pas aidée à répondre à ses désirs. J'en étais incapable. Bien au contraire, je me repliais un peu plus sur moi-même. Nous étions dans un conflit sans fin. Fatalement, il y a eu les reproches en trop. Excédée, je me sentais désarmée ; alors par dépit, je lui ai rappelé qu'il trichait sur son identité :

—De toute façon, tu triches, toi aussi, car tu t'appelles Housman, pas Arnaud !

Je connaissais son talon d'Achille. En effet, il était né d'une mère française et d'un père maghrébin. Mais quand ses parents s'étaient séparés, il avait appris que son père menait une double vie et avait d'autres enfants cachés. Cela l'avait brisé, il se sentait trahi par ce père qu'il admirait et croyait connaître. La duplicité de son père l'avait tellement abattu qu'il avait préféré renier ses origines.

En les lui rappelant, je m'étais attiré ses foudres. Je voulais qu'il souffre autant que moi, en lui remémorant ses tourments. Malheureusement, notre dispute nous a fait perdre le contrôle sur nous-mêmes et cela a dégénéré. Nous en sommes venus aux mains. Profondément touché par mes propos, il m'a giflée, sans même réfléchir.

De mon côté, tous mes efforts pour me faire entendre semblaient vains et cette incapacité à communiquer m'a poussée à bout. La frustration a atteint son paroxysme, et cela a provoqué chez moi une violente explosion émotionnelle. Des objets ont commencé à voler dans toutes les directions. La pièce s'est transformée en un champ de bataille, reflétant la tempête qui faisait rage en nous. Nous étions allés trop loin, et j'ai rompu sur-le-champ. Ce n'était plus supportable. Nous étions arrivés à une situation de non-retour. J'ai pris mes affaires et j'ai quitté l'appartement.

Furieux, il m'a suivie jusqu'à mon véhicule. De toutes ses forces, il retenait ma portière. Il faut dire qu'il mesurait un mètre quatre-vingt-dix et avait un physique de gladiateur. Je ne pouvais pas faire le poids. Dans une rage folle, il a violemment claqué ma portière et elle s'est voilée. Il était impossible de la refermer. Apeurée et en larmes, j'ai quitté le parking en direction de chez mes parents. Durant tout le trajet, je retenais ma portière qui ne pouvait plus se refermer.

En sanglots, j'ai expliqué notre violente altercation à mes parents, et que j'avais rompu. J'avais pris bien soin de ne pas expliquer le motif de notre querelle. Sans trop chercher à comprendre, mes parents ne m'ont pas demandé plus d'explications. Ils m'ont juste proposé de rester chez eux le temps que je me calme.

Une heure plus tard, Arnaud est venu pour que nous nous réconciliions. Très irritée contre lui, je voulais juste qu'il disparaisse de ma vie. Furieux de constater que je refusais toute discussion, il a crié son désespoir :

— Votre fille a un problème dans sa tête ! Vous croyez la connaître ? Eh bien je vais vous dire qui elle est ! Et ce qui s'est passé avec son oncle !

Il était devant le portail de la maison ; en panique j'ai couru vers lui. Je l'ai supplié de ne pas parler :

— Écoute, tu ne dis rien et on rentre à la maison !

Mais il n'était pas dupe, il savait que je voulais l'amadouer. J'étais tellement terrifiée que mes parents puissent découvrir la vérité, complètement captive de mon propre mutisme, que s'il était resté silencieux, nous serions repartis immédiatement.

Finalement, en brisant le sceau de mon silence, sans que je le sache encore, il me rendait service. Mais à ce moment-là, je n'ai pas eu cette impression. J'étais prête à me taire pendant encore des années, et peut-être à ne jamais révéler ce terrible secret.

À l'instant où il a tout dévoilé, j'ai voulu disparaître sous terre. Mes parents, les yeux écarquillés, semblant ne rien comprendre, étaient sonnés.

—Voilà, votre fille s'est fait violer par son oncle, et pas qu'une fois !

Et ma mère, d'une voix larmoyante :

—Dis-moi que ce n'est pas vrai Iris ? Ce n'est pas possible...

Je ne pouvais plus me taire.

—Si maman, tout ce qu'il dit est vrai.

Il y a eu ce moment d'effusions et de cris, ma mère explosait de colère. J'avais si peur que l'on s'en prenne à moi... J'étais en larmes, je hurlais de douleur, j'étais dans un brouillard, complètement perdue, blessée, cherchant du secours. Je ne savais même plus si je me libérais de ce terrible secret ou si mon oncle avait raison. Peut-être, après tout, n'étais-je qu'une menteuse.

À peine Arnaud avait-il quitté la maison que ma mère a éclaté en sanglots et est devenue incontrôlable. Prise d'une colère dévorante, elle s'est laissée emporter, déversant une avalanche d'insultes sur mon père, comme si elle cherchait désespérément un coupable à blâmer. Sa colère était empreinte d'une frustration et d'une impuissance indescriptibles.

Elle a chargé le fusil de mon père, puis, d'un pas décidé, a pris la direction du portail en jurant :

—Je vais le tuer, ce salaud, je vais le tuer !

Bien qu'elle soit enceinte de six mois, mon père et moi peinions à la retenir, jusqu'à en déchirer son tee-shirt. Elle s'est retrouvée la poitrine à l'air et mon père lui a enlevé l'arme :

—Tu te calmes. Tu restes là. Je vais faire ce qu'il faut.

Malgré ce chaos, mon père est resté d'un calme olympien. Il connaissait sa femme, il savait comment lui parler dans ce genre de situation. Il s'est approché d'elle, l'a regardée calmement dans les yeux et, d'une voix rassurante :

—Je vais faire ce qu'il faut, jc vais m'en occuper tout de suite…

Je suis convaincue que si ma mère l'avait accompagné chez mon oncle, cela se serait terminé de façon dramatique, avec des conséquences irréversibles. Bouleversée, elle s'est finalement adoucie, puis mon père a pris la direction de la sortie et, derrière le portail, il nous a regardées une dernière fois, le fusil à la main :

—Tu ne bouges pas, promis ! Rentre à la maison avec ta fille, et calme-toi…

Nous sommes retournées dans la cuisine et ma mère, plus posée, a demandé à mes frères et sœurs de regagner leur chambre. Ils avaient été les témoins impuissants de cette scène éprouvante depuis le début et laissaient échapper des pleurs inconsolables.

L'absencc de mon père a été longue et pesante. Ma mère me posait tout un tas de questions, j'avais l'impression de subir un interrogatoire. J'avais honte et je n'étais pas encore prête à répondre précisément. Tout cela m'échappait, j'aurais tellement préféré révéler moi-même cette histoire ! Je ne me sentais pas maîtresse de mes confessions. À ce moment-là, je pensais qu'Arnaud m'avait volé ce qu'il m'appartenait de dire.

Au fur et à mesure de notre conversation, je commençais à ressentir un curieux soulagement. Elle me croyait. L'interrogatoire devenait une séance de confidences, un aveu de souffrances partagées.

Quelque temps après cette conversation, je me suis demandé si je ne m'étais pas trompée pendant toutes ces années. Et si, après tout ce temps, j'avais mal jugé ma mère ? Est-ce que finalement elle ne m'aurait pas protégée ? Pendant longtemps, j'ai préféré penser que, de toute façon, elle ne m'aurait jamais crue, car alors cela aurait signifié que j'aurais pu mettre fin plus rapidement à mon calvaire, et je n'aurais pas gâché toute mon enfance. Je ne l'aurais pas sabordée.

Mais avec le recul, je suis certaine qu'elle était plus encline à croire en la jeune femme que j'étais devenue, plutôt qu'en celle que l'on considérait comme une sale gosse autrefois.

Quoi qu'il en soit, je découvrirais avec le temps que, d'une manière ou d'une autre, on continue à se culpabiliser pendant des années après un aveu.

Tard dans la soirée, mon père est rentré, le visage fermé, impassible. Ses mots ont été :

—C'est fini, on n'en reparlera plus. J'ai fait ce qu'il y avait à faire.

Et pour conclusion, j'ai dû me contenter de cette phrase dénuée de compassion :

—Je n'ai pas à te dire ce que tu as à faire. Tu fais tes choix.

Puis il a refusé catégoriquement de raconter ce qui s'était passé avec son frère. D'ailleurs, bien des années plus tard, il m'avouera qu'à partir de ce jour-là, sa relation amoureuse avec ma mère s'est progressivement dégradée. Elle lui en a voulu jusqu'à la fin de sa vie.

Aujourd'hui encore, je m'interroge à propos de ces longues heures d'absence. Est-il vraiment allé le voir ? L'explication a-t-elle été violente ? Mais surtout, mon oncle a-t-il manipulé mon père ? Cet homme était véritablement perfide, capable de manœuvrer habilement n'importe qui. Je savais à quel point il était malin, un virtuose de la manipulation psychologique. De plus, son influence sur mon père était profonde, ce qui pouvait laisser présager des intentions sombres.

Ou, bêtement, mon père lui a-t-il pardonné en lui trouvant des circonstances atténuantes ? Toutes ces questions resteront à jamais sans réponse. Mais une chose est sûre : ce sale type pouvait continuer sa petite vie et faire subir ses horreurs à d'autres sans être importuné. En fin de compte, mes parents devenaient sans le vouloir un peu complices.

Paradoxalement, ma mère, qui donnait l'image d'une femme forte et dominatrice, s'est pliée à la volonté de mon père de ne pas aller plus loin. Aujourd'hui, je préfère penser que cette situation démontre combien mon oncle pouvait avoir un effet paralysant même sur ceux qui semblaient les plus forts en apparence. Mais avaient-ils conscience que d'autres petites filles pouvaient subir le même sort que moi ?

Quant à moi, la réaction de mon père m'a donné l'impression que mon calvaire avait été anodin, insignifiant, et ne pouvait pas me laisser de traumatismes. Depuis cette époque, je persiste à croire qu'il n'a pas assumé pleinement son rôle de protecteur. Un véritable papa aurait agi vigoureusement, certains hommes auraient même brisé mon oncle. Je peux comprendre la frustration de ma mère. Mon père n'a jamais signalé à ses frères et sœurs ce que Robert, la mascotte, m'avait fait endurer. Comment a-t-il pu faire pour taire ce lourd secret ? Ma mère a tenté de se comporter en maman, mais mon père n'a pas agi en papa. Cette lourde charge est notre fardeau à tous, et elle pèse d'autant plus lourdement que nous continuons à garder le silence.

Quelques semaines plus tard, mes parents, noyés dans leurs difficultés financières, ont été menacés d'expulsion de leur domicile. Par bonheur, un de mes cousins qui résidait en Bourgogne leur a offert la mise à disposition d'une maison en échange d'un loyer modique, qui serait facilement couvert grâce aux aides sociales. Pour eux, c'en était fini de la vie parisienne et de leur galère.

Après leur départ, comme si de rien n'était, j'ai repris mon train-train quotidien. Mes parents étaient partis sans jamais me reparler de ces révélations, me laissant croire que cela n'était jamais arrivé. J'ai essayé toute seule de me reconstruire, dans le mutisme, comme toujours. Mais je pense que c'est une erreur. Plus le temps s'écoulera, plus il deviendra mon ennemi. Et j'en paierai très cher les conséquences. D'ailleurs, chacun à notre manière, nous allons tenter de panser nos douleurs, très maladroitement. Nous nous persuaderons que tout cela est si facile à oublier.

Sitôt la vérité mise au jour, elle s'est envolée. Me concernant, il y a là quelque chose d'inachevé. Cela ne pouvait pas s'arrêter de cette manière. Tout cela avait un goût amer. Comme si je restais coupable et mon oncle, une pauvre victime. Son image n'était aucunement ternie, il restait un homme bien, une personne exemplaire au regard de tout le monde.

6

J'ai vingt ans et cela fait maintenant trois ans que je travaille dans cette épicerie haut de gamme. Professionnellement, je suis épanouie. La clientèle me considère et me respecte. Je fais désormais partie des meubles. Il faut dire que j'ai très vite su m'intégrer et m'imprégner de tous les codes nécessaires pour satisfaire ces personnes aisées. Mes patrons sont plutôt contents de moi, et je les adore.

Ce couple, dans la quarantaine, rayonnait. Leur bonheur semblait sorti tout droit d'une fiction, un contraste saisissant avec mon propre monde.

De toute ma jeune existence, jamais aucun adulte ne m'avait autant estimée ni valorisée qu'eux deux. Ils incarnaient les parents que j'aurais rêvé d'avoir. Parfois, je fantasmais sur l'idée qu'ils pourraient m'adopter. Je me sentais tellement en confiance qu'il m'arrivait parfois de leur parler de mon entourage familial.

En Seine-Saint-Denis, ma famille souffrait d'une réputation dont je me serais bien passée. Ma mère avait un casier judiciaire, mes cousins et mon frère aîné avaient un palmarès impressionnant en matière de délinquance et il y avait même un cousin qui avait tué sa femme lors d'une violente dispute.

Je ressentais le besoin de me réconforter, comme si je devais prouver que je n'étais pas semblable à eux. Ma patronne était si attentive à mes confidences que j'ai fini par lui raconter les monstruosités de mon oncle. Mais à aucun moment je n'ai révélé que c'était moi, la victime. J'ai préféré lui relater les prétendus déboires d'une cousine éloignée. J'exprimais ma douleur en la dissociant de ma propre personne. Je cherchais à éviter la pitié, tout en voulant me libérer. Sans doute était-ce un cri silencieux, un appel au secours, que je ne comprenais pas à l'époque. J'avais fourni tellement de détails qu'elle m'a fait promettre que je n'étais pas la victime. Après cela, de peur d'être percée à jour, je n'ai plus jamais abordé le sujet.

Toujours à l'heure et parfois même en avance, je ne rechignais pas à faire des heures supplémentaires. Ces employeurs savaient vous stimuler et vous récompenser. Chaque mois, nous bénéficiions de primes en fonction de nos performances, ce qui décuplait ma motivation. Et depuis quelque temps, notre boutique connaissait plus de succès, alors nous ne manquions pas de travail.

C'est ainsi que j'ai connu Paul. Temporairement, il vient renforcer notre équipe les fins de semaine.

La première fois que je l'ai vu, il m'a très vite impressionnée par son charisme. D'abord, c'est un homme âgé de quinze ans de plus que moi. Mais surtout, il me fascine. Son élocution, son esprit vif et fin me sont étrangers. Lorsqu'il s'exprime, il donne l'impression d'avoir appris par cœur le Larousse. D'ailleurs, il ne parle pas, il raconte, son phrasé est beau. Je ne me lasse pas de l'écouter. Il est humble et souvent, il a l'air d'être ailleurs. Tout cela le rend séduisant. Il y a un monde en lui que j'ai envie de découvrir. J'apprendrai plus tard qu'après avoir entamé des études universitaires en philosophie, il avait, au grand désespoir de ses parents, préféré vivre quelque temps dans la nature en devenant berger. Il était si atypique. C'était la première fois qu'un homme d'une telle prestance me subjuguait. Et pas à cause de sa beauté – la première fois que je l'ai vu, je n'ai pu m'empêcher de le comparer à l'acteur Alain Chabat, tellement il lui ressemble. Je n'ai jamais été attirée par ce genre de profil.

Il aimait les femmes un peu moins âgées que lui, et fatalement, je suis tombée sous son charme. Qu'un homme si intelligent et charismatique m'accepte telle que j'étais, moi, une jeune femme sans diplôme et ayant quitté l'école précocement, était une fierté pour moi. Tout le monde le respectait, avec une éloquence telle que la sienne, on l'écoutait. J'étais éblouie et je me sentais chanceuse d'être sa compagne. À son contact, j'apprenais des tas de choses. Il ne me rabaissait pas. Il m'ouvrait tout un monde qui m'était jusque-là inconnu. C'était un homme doux, posé, avec des convictions, et surtout fidèle.

Quelques années auparavant, son frère, papa d'une enfant de huit ans, était décédé dans un accident de voiture. Depuis ce drame, il avait endossé le rôle de père de substitution et soutenait sa nièce aussi bien financièrement que pour son éducation. Cela me rassurait, je n'avais jamais rencontré un homme avec autant de valeurs. Dépourvu de préjugés, il m'inspirait confiance. Très vite, je suis venue habiter chez lui dans le 18e arrondissement de Paris.

Très tôt, je me suis découvert une passion pour le dessin et la sculpture. J'ai le sentiment que certains enfants qui traversent des moments dramatiques dans leur vie développent des talents artistiques dans lesquels ils se réfugient. Comme si le monde devait être remodelé ou réinventé pour devenir plus beau, plus doux.

Vers l'âge de douze ans, j'ai réalisé à la demande de mes voisins un portrait de leur fils de deux ans. Impressionnés par le réalisme de mon travail, ils ont encouragé mes parents à me présenter à l'un de leurs amis qui travaillait aux Beaux-Arts de Paris. Cette personne est donc venue chez nous et m'a demandé de reproduire au crayon un lapin à partir d'une photo. D'après cet homme, j'avais un avenir professionnel tout tracé dans les arts plastiques. Enthousiasmé par mes dons, il a proposé que je participe à des ateliers chaque semaine pour perfectionner mes compétences, puis, une fois mon baccalauréat en poche, poursuivre des études artistiques. Mais mes parents ont vite été découragés par les frais exorbitants des cours et du matériel, d'autant plus qu'ils ne voyaient pas d'avenir d'après mes résultats à l'école. C'est dommage, car cela aurait peut-être changé le cours de ma vie.

Par la suite, à mesure que j'avançais dans la vie, les tumultes de mon existence ont pris de plus en plus de place, et, sans que je m'en rende compte, cette spirale m'a aspirée peu à peu dans un néant de création.

Paul, lui, admire mes facultés artistiques. Un jour, il me demande de reproduire un portrait de sa tante à partir d'une photo en noir et blanc. Comme à chaque fois que je crée de mes mains, je me sens apaisée, je suis dans mon univers, j'oublie tout. Alors, en confiance, je lui fais le récit de ma jeunesse. C'est la première fois que je me confesse avec autant d'aisance, auprès d'un homme avec qui je ne suis pourtant qu'au début d'une relation amoureuse. Attentivement, il sait m'écouter jusqu'au bout, sans jamais m'interrompre. Je ne me sens pas jugée, ni cataloguée. Lorsque j'achève mes confidences, avec bienveillance, il m'adresse ces quelques mots :

—On en reparlera plus tard…

C'est lors d'un dîner, un samedi soir, chez mes parents en Bourgogne, que Paul a tenu sa promesse.

Désormais, trois cents kilomètres nous séparaient, et mes obligations professionnelles m'empêchaient de les voir régulièrement. Mais je leur restais fidèle. Cet éloignement a peut-être en partie contribué à apaiser notre relation. Mais je pense surtout que le temps lui-même peut avoir parfois un effet apaisant. Je commençais à apprécier de passer des moments avec mes parents lorsque l'occasion se présentait. De plus, grâce à ce travail qui me valorisait, je devenais une adulte responsable, qui donnait l'image d'une personne sûre d'elle. J'étais fière des réalisations que j'avais accomplies. Tout cela aidait à créer un espace-temps où nous pouvions nous reconnecter en tant que famille, et enfin partager des moments agréables plutôt que de nous laisser emporter par les conflits du passé.

Donc ce soir-là, nous étions en compagnie de Claire, la fille de ma tante, et de ses trois enfants, dont la petite dernière, Sarah, qui avait une dizaine d'années. Je ne tolérais toujours pas la compagnie de Claire. J'allais donc devoir supporter sa présence en face de moi tout au long du repas, car elle était mariée à mon cousin paternel. Lui avait une dizaine d'années de plus que moi, c'était un homme charmant avec toujours le sourire aux lèvres. Mes parents adoraient l'inviter. Il avait bien du mérite avec sa femme qui était d'un égocentrisme déconcertant, avait toujours réponse à tout et monopolisait les conversations avec son flot de paroles dénué d'intérêt. Avec le temps, son regard sur moi n'avait toujours pas changé. Je devais sans doute rester cette éternelle petite allumeuse auprès de son beau-père. Son avis ne pouvait pas évoluer – c'est le propre des personnes bourrées de certitudes.

Au cours de la soirée, une conversation en vient au sujet du dimanche. Claire s'adresse à ses enfants :

—Nous allons manger chez pépé Robert, demain midi…

La petite dernière coupe la parole à sa mère :

—Non, je n'ai pas envie !

Sa maman insiste :

—Bah si, on a prévu d'aller chez pépé Robert.

Mais Sarah réplique avec plus de virulence qu'elle ne veut pas aller chez son grand-père. À ces mots, Claire n'insiste pas davantage.

Ça n'a interpellé personne. Pourtant, normalement, les enfants sont plutôt contents d'aller chez leurs grands-parents, non ?

La réaction de la petite avait déclenché en moi un malaise que je dissimulais. Je ne pouvais pas m'empêcher de me remémorer toutes les fois où j'avais refusé d'aller chez cet oncle. Comment ces parents pouvaient-ils ne pas réagir face au refus obstiné de cette enfant d'aller rendre visite à son grand-père ? Je bouillonnais de ressentiment. Je comprenais que mes parents avaient enterré l'affaire depuis le soir où mon père était revenu de chez mon oncle en disant que c'était un sujet clos. Encore une fois, on laissait filer, on se taisait.

En Sarah, j'avais l'impression de me revoir. Il fallait que je sache. Je ne pouvais pas laisser partir cette enfant sans en avoir le cœur net. Ce silence, cette volonté de taire à jamais ce macabre secret de famille me rendait encore plus responsable d'un éventuel autre drame. Subitement, c'était comme si je sortais d'un long coma. Un réveil brutal. Je prenais conscience que j'avais été bêtement aveugle. Pourquoi n'avais-je jamais imaginé qu'il pouvait y avoir d'autres victimes ? Que je pouvais ne pas être la seule à avoir subi ces horreurs ? Est-ce que l'emprise sur moi était si habile que pas même un coin de mon cerveau n'était capable d'envisager cette possibilité ? Soudain, une colère envers moi-même m'a envahie, car d'une certaine manière, je me sentais complice de possibles autres horreurs. Même si c'était un tour de mon imagination, je devais comprendre.

Paul, qui avait su lire l'émotion qui me rongeait pendant le repas, m'a attirée à l'abri des oreilles indiscrètes :

—Peut-être que tu te trompes, mais au moins tu le sauras… On trouvera un prétexte pour la prendre à part un peu plus tard, et tu lui parleras.

Ma mère, qui s'était jointe à notre conversation, trouvait que l'on en faisait peut-être un peu trop pour rien. Avait-elle peur de déterrer cette histoire ? Peut-être, mais comment pouvait-elle ne pas se rappeler toutes les fois où je faisais des pieds et des mains pour ne pas retourner chez cette ordure ? Décidément, on avait la mémoire courte dans la famille !

Un peu plus tard dans la soirée, Paul entraîne Sarah dans le jardin. Pour la mettre en confiance, je l'amuse et lui parle de tout et de rien. Puis, innocemment, je tente d'entrer dans le vif du sujet :

—Bah, pourquoi tu ne veux pas aller chez pépé ? Il est gentil.

— Je n'ai pas envie d'y aller !

Je sens qu'elle ne souhaite pas en dire plus.

—Pourquoi, il t'a fait quelque chose, il n'a pas été gentil ?

— Non, mais je n'aime pas y aller.

Ces mots me troublent.

—Tu sais, parfois les grandes personnes font des choses que l'on n'aime pas. Alors, si tu n'as pas envie d'y aller, il faut le dire. Si un jour pépé a fait quelque chose, il faut en parler.

Mais la petite fille se ferme et je comprends bien que je n'en saurais pas plus. Je n'insiste pas. À quoi bon m'acharner, vouloir entendre à tout prix ce qui n'est peut-être que le fruit de mon imagination ? Mais je reste perplexe. Cela me tourmente. Ce comportement, ces mots d'une petite fille qui s'oppose à ses parents pour ne pas aller chez cet homme réveillent en moi tout le mal-être que j'avais à son âge. M'imaginer cette enfant sous l'emprise de ce monstre me projette dans mon passé. Il semble que cela m'affecte beaucoup d'envisager le mal qu'il lui inflige. C'est un curieux sentiment : est-ce l'adulte qui parle pour l'enfant que j'étais ? Est-ce une forme de rejet, une façon de me défendre contre mes démons et mes douleurs passés ? Alors oui, je souffre pour Sarah, mais peut-être aussi pour la petite fille que j'étais.

Encore aujourd'hui, quand j'apprends qu'un enfant subit des sévices, j'ai un profond dégoût, cela m'est insupportable, et je ressens une curieuse souffrance pour lui. Un peu comme si j'étais capable d'endurer cette douleur plus que lui.

La nuit suivante, je ne trouve pas le sommeil. Sarah a réveillé en moi un curieux sentiment de colère et d'angoisse. Pendant une bonne partie de la nuit, je partage avec Paul mes questions. Dois-je continuer longtemps à me taire ? Ne suis-je pas à mon tour complice d'un pervers sexuel sans scrupule ? J'ai peur d'apprendre un drame bien plus terrible que le mien, alors que j'aurais pu le dénoncer. Lorsque mon père est revenu de chez son frère où il était allé demander des explications, j'ai été déçue. J'aurais aimé que, en bon père, il prenne ma défense, qu'enfin je ne me sente plus seule, que l'on m'accompagne sur un chemin de résilience. Finalement j'ai dû me taire pour ne pas bouleverser une famille, des vies. Peut-être ai-je été trop naïve de croire que j'aurais toutes les difficultés du monde à prouver mon innocence. J'ai fini par admettre que j'étais un peu coupable de mon malheur. On m'a obligée à me taire, on m'a imposé l'oubli.

Même si cette petite Sarah n'avait rien subi avec Robert, j'admettais l'idée qu'il y ait d'autres victimes.

Et j'étais maintenant persuadée que rien ne pourrait arrêter cela sans mon intervention. Avant de quitter mes parents, j'ai voulu sonder leur opinion, savoir ce qu'ils en pensaient, et peut-être obtenir un peu de soutien si je dénonçais mon oncle. Leur réponse a été laconique :

— Si tu crois que c'est la bonne chose à faire, alors, fais-le.

Il était évident qu'ils resteraient passifs, incapables de prendre des mesures pour enfin affronter cette situation avec moi !

Mais cette fois, j'avais auprès de moi une personne pertinente et clairvoyante. Paul m'aidait à raisonner, à analyser les choses sous un autre angle. Pour lui, il était temps de ne plus être dans le déni. J'avais trop longtemps endossé le rôle du coupable. Il m'expliquait qu'il fallait remettre les choses en ordre. Mes pensées négatives n'étaient pas rationnelles. J'avais trop longtemps vécu enfermée dans un univers intellectuellement et moralement clos. Quand on a vécu toute sa jeunesse dans un certain milieu, il est difficile de comprendre ce qui se passe ailleurs. Dans son enfance, on s'imprègne, bien malgré soi, de certaines normes. Il est compliqué de réfléchir d'une autre façon que celle qu'on a apprise.

Les paroles de Paul me faisaient du bien. Il me libérait. Il a su trouver les mots. Une dernière chose m'a convaincue dans ses propos :

—Tu sais, il y a le délai de prescription. Une fois que tu auras franchi cette échéance, tu ne pourras plus rien faire, et tes paroles n'auront plus aucune valeur. Il est temps de briser le silence, il doit payer !

J'étais désormais déterminée. Le lendemain matin, en rentrant à Paris, j'irais porter plainte.

Le lendemain matin, j'ai pris la direction du commissariat de mon arrondissement. J'avais peu dormi, mais j'étais résolue. J'appréhendais tout de même l'éventuelle réaction de mes interlocuteurs. Toujours la peur du jugement et le doute sur ma légitimité. Et puis surtout, je me demandais comment j'allais bien pouvoir leur expliquer tout cela.

Mon histoire est folle. J'ai conscience que je vais dénoncer une personne, ce n'est pas anodin. C'est une lourde responsabilité, mais c'est un devoir moral. Cela peut être une décision difficile à prendre, car cela implique de briser ce terrible silence et de faire face aux conséquences potentielles d'une dénonciation. Ce ne doit pas être un acte courageux, la protection de la société et des plus vulnérables doit toujours primer sur nos peurs et nos réticences personnelles.

Accompagnée de Paul, j'entre dans le commissariat, un peu tremblante et intimidée par l'atmosphère solennelle du lieu. Tout de suite, l'odeur particulière et indescriptible vous saisit, et ajoute à l'ambiance un sentiment pesant de bureaucratie. Je suis surprise par l'agencement et l'ameublement vieillot d'un lieu qui représente l'État. Je me dirige vers l'accueil en faisant semblant d'être à l'aise, mais l'uniforme m'impressionne. Le planton m'adresse la parole d'un ton direct :

—Vous venez pour quoi ?

J'ai la gorge nouée, je ne veux pas que les autres m'entendent, je bafouille un peu :

—Je… je viens pour agression sur enfant… enfin non, pour viol sur enfant.

Plus je veux me faire entendre, moins j'y parviens. Le policier, qui comprend ma gêne, tend l'oreille, et je répète ma phrase un peu plus fort. Je respire un grand coup. Intérieurement je me répète en boucle : « Ça y est j'y suis arrivée, je l'ai dit. » À mes mots, le planton change complètement d'attitude. Il est plus grave, montre davantage de compassion. Il me demande de patienter un petit moment : un officier de police judiciaire va me recevoir pour ma plainte. Alors, je me précipite vers Paul. Je m'assieds. Il me prend la main et me dit :

—Je suis fier de toi, tu l'as fait.

L'attente n'est pas longue, un officier vient m'accueillir et me conduit vers son bureau. Avec beaucoup de délicatesse, il me fait asseoir. Il me demande si je veux un verre d'eau. Je suis perdue, mais il fait tout son possible pour me mettre à l'aise. Je tremble, même si je suis contente de moi, j'ai peur. Avec beaucoup de diplomatie, il me demande de lui raconter. Décontenancée, je ne sais pas par où commencer, ni comment lui raconter. Timidement, je balbutie et tout à coup je bloque. J'ai l'impression d'avoir tout oublié, je ne sais plus quoi dire. Plus un son ne sort de ma bouche. Je suis désorientée, fatiguée par ma nuit blanche, je finis même par me demander si c'était le bon jour pour venir. Mais l'homme que j'ai en face de moi est aguerri, il sait faire preuve de perspicacité, alors il ne me brusque pas. Il me laisse le temps. Pour m'aider à mettre de l'ordre dans mes idées, il me demande de raconter d'abord mon histoire dans les grandes lignes. Ensuite, on entrera dans les détails.

Je finis par me détendre et souffle un grand coup. Et soudain je vide mon sac comme jamais je ne l'avais fait auparavant. Même Paul n'en savait pas autant. Ma déposition est interminable, cela dure plus de deux heures. Au fur et à mesure de mon récit, mon débit s'accélère. Paul avait raison, il fallait que je me libère de tout ce poids, je me sens de plus en plus légère, presque euphorique. Il était temps que je le dénonce, sinon j'aurais définitivement été prisonnière de mon silence et persuadée que j'étais l'instigatrice de mon propre enfer.

Tout y passe, mes mots sont crus, choquants. Je raconte les premiers attouchements dans la voiture, les parties de pêche prétextes à me tripoter, l'obligation de rester les cuisses écartées sur la banquette arrière de la voiture pour subir des cunnilingus, ma peur lorsque, pour la première fois, je vois le sexe d'un homme en érection et que je dois lui procurer du plaisir, les nombreuses fellations, ces épouvantables nuits où il venait me réveiller afin que je sois à sa disposition pour satisfaire ses envies. Ses appétits sexuels de plus en plus effrénés et de plus en plus obscènes, jusqu'à finir par me sodomiser. Cette fois où il était ivre et a frappé sa femme parce que je m'étais refusée à lui. La façon dont il m'a manipulée pour que je me taise, pour que je culpabilise. Les centaines de fois où il m'a humiliée, pour que je devienne son esclave sexuelle, où j'avais honte d'exister. Toutes ces humiliations, tous ces pleurs.

Puis le policier me demande des précisions pour étayer mes accusations et avoir des preuves matérielles. Sans hésiter, je lui cite le titre des cassettes vidéo pornographiques que mon oncle m'obligeait à regarder avec lui lorsqu'il me touchait. Je raconte des scènes dans le détail. Malheureusement pour mon oncle, je ne suis peut-être pas allée à l'école longtemps, mais j'ai une très bonne mémoire. Et puis surtout, j'ai décrit avec précision chaque centimètre carré de ce pyjama bleu qu'il mettait souvent, lorsqu'il me rejoignait la nuit dans ma chambre. Je ne sais pas pourquoi, mais je ressentais de la haine pour ce bout de tissu qu'il portait la nuit. Je décris chacun des objets, le moindre recoin de l'appartement avec une précision qui impressionne l'officier. J'ai même parlé du papier peint des toilettes qui ressemblait à une BD, je me souvenais précisément de ce que les personnages se racontaient dans les bulles. À la fin de mon dépôt de plainte, le policier, pourtant expérimenté et endurci par le métier, est complètement abasourdi, sans souffle. Je ne peux pas avoir inventé quoi que ce soit, à moins d'être cinglée.

L'officier, ébranlé, finit par m'adresser la parole avec des tressaillements dans la voix. C'est mon histoire. Pourtant, je ressens de la peine pour lui.

Dans la journée, j'ai appelé une association d'aide aux victimes d'incestes, Enfance et Partage, qui m'a été indiquée par le commissariat. Ils allaient m'apporter une aide juridique et un soutien psychologique si je le souhaitais. Quelques jours plus tard, j'avais un avocat. Celui-ci m'a informée que le domicile de mon oncle avait été perquisitionné et qu'il avait été mis en garde à vue le jour même de ma plainte. Au vu des preuves et de mon témoignage, il avait été immédiatement placé en détention provisoire. Les policiers avaient tout retrouvé, particulièrement les cassettes vidéo, et surtout ce fichu pyjama bleu. C'est à ce moment très précis que je me suis sentie pour la première fois comme une vraie victime. Toute ma vie, je me souviendrai de ce policier qui m'a accompagnée à la sortie du bureau :

— Madame, ce n'est pas vous le délinquant, c'est lui qui a fait des choses répréhensibles.

Même s'il portait un jugement, il savait qu'il ne s'agissait pas d'une calomnie.

Il est difficile de comprendre le temps de la machine judiciaire. Surtout si l'on est une victime. Tant que l'on n'a pas vécu cela, on ne soupçonne pas que c'est un autre monde, un autre univers. Tout est long et compliqué à comprendre pour le commun des mortels. Alors, j'ai fait preuve de patience : je savais que je disais la vérité.

Pour la première fois de ma vie, je ressentais que je me libérais, comme si je brisais des chaînes. Ce sentiment de légèreté se répercutait sur mon physique. J'avais enfin exorcisé ce qui me causait des nausées depuis tant d'années, j'avais enfin vomi ce mal qui m'habitait. Il était évident que mon oncle serait puni pour ses actes odieux. Et, dans cette période d'apaisement, un miracle se produisit : je suis tombée enceinte, sans le vouloir. Étonnamment, j'en ai été ravie car cela marquait le début d'une nouvelle vie, une chance de devenir enfin une autre femme, une femme comme les autres.

Quelques mois après cette première déposition au commissariat, nous avons quitté Paris pour aller vivre en Auvergne, dans un premier temps. Nous habitions dans le 18e arrondissement de Paris, et il était hors de question d'éduquer mes enfants en Île-de-France. Je désirais leur offrir une existence différente de la mienne, une vie paisible, loin de l'agitation, sans bruit ni dangers… Mon rêve était de leur offrir un cadre serein, entourés par la nature, où ils pourraient grandir en toute sécurité, découvrir le monde à leur rythme, loin des tumultes urbains qui avaient marqué mon enfance. Mon souhait le plus cher était qu'ils aient l'opportunité de connaître une vie où la quiétude serait la norme, où ils pourraient s'épanouir et construire leurs rêves. Cette décision était ancrée au plus profond de mon être, guidée par un amour incommensurable pour mes enfants et par le désir ardent de leur offrir le meilleur avenir possible.

Lors de cet exil dans cette nouvelle région, nous résidions chez les parents de Paul. En attendant de trouver un logement, nous avons cohabité avec eux quelques mois en Auvergne. Puis nous sommes allés vivre dans les Alpes-de-Haute-Provence, et j'ai accouché de ma première fille.

Je souhaitais que ce soit un garçon, pas par préférence de sexe, mais sans doute du fait de cette idée irrationnelle qui m'habitait qu'un garçon ne pouvait être la cible d'un pervers sexuel. Plus tard, je découvrirai que j'avais été bien innocente avec cette idée saugrenue. Les médias allaient m'ouvrir les yeux sur une option qui me semblait impossible jusqu'alors.

Rapidement après avoir accouché, je me suis sentie perdue, envahie par des idées noires, terrifiée à l'idée de ne pas pouvoir suffisamment protéger ma fille. Et puis je me suis sentie seule, livrée à moi-même avec mon premier enfant. Alors Paul m'a fait la surprise de faire venir mes parents en leur offrant le voyage en train. Je n'ai jamais été aussi heureuse de voir ma mère que durant ces deux semaines. C'était un réconfort précieux dans cette nouvelle étape de ma vie. En devenant mère, j'avais l'impression de devenir encore plus sa fille. La maternité me renvoyait à ma propre relation avec ma mère d'une manière que je n'avais pas anticipée.

Un jour, afin de compléter mon dossier, un cabinet de psychologues parisiens, mandatés par la justice, me convoque. Je me rends donc à ce cabinet, me demandant bien quelle peut être la raison de cette convocation. Très gentiment, deux psychiatres m'accueillent et m'expliquent le but de ce rendez-vous. Très vite, je comprends que je suis ici pour être évaluée sur la crédibilité de mes propos. Je me sens très à l'aise avec cela, car je ne suis ni mythomane, ni cinglée, bien que je ne me sente pas si intelligente. Je ne crains pas cette épreuve. Bien au contraire, je suis à l'aise. J'ai envie de prouver à mon entourage que je ne suis pas une diffamatrice. Je pourrais franchir toutes les épreuves qu'ils souhaitent, je suis confiante.

Vous enchaînez toute une batterie de tests et parfois même, sur le moment, vous ne comprenez pas le sens de ces examens. Mais je m'y suis prêtée, cela m'a même bien amusée. Il y a le fameux test de Rorschach, ces taches que l'on vous demande d'interpréter. C'est un outil pour diagnostiquer la personnalité. Puis aussi le test des saynètes qu'il faut remettre dans l'ordre. Enfin, tout un tas de tests de logique et de culture générale. Bien entendu, les personnes que j'ai en face de moi reviennent sur mes dépositions, me donnant volontairement des informations erronées. Mais ce n'est pas un piège pour moi, car je restitue mes récits avec la même précision que celle que j'ai donnée initialement. Chose intéressante, l'un fait les examens et l'autre observe mes réactions, mes comportements, mes gestes.

Au bout de quelques heures, j'ai obtenu mes résultats. Ils m'ont tout de suite rassurée sur la fiabilité de ma déposition. Je suis fière de moi. Maintenant, rien ni personne ne pouvait contredire la crédibilité de deux spécialistes.

Je suis surprise par mon quotient intellectuel. Mon résultat est de 129, ce qui pour moi à ce moment-là ne voulait rien dire. J'ai appris que seulement 5 % de la population avait un QI supérieur à 125. Je suis sonnée. Ainsi, je ne suis pas si idiote que cela. Moi qui n'ai pas fait d'études, qui suis née dans une famille si modeste. Moi qui dois me battre dans la vie pour m'en sortir. Je suis donc intelligente. Mais que vais-je donc faire de ce potentiel ?

Trop de gens sous-estiment leur capacité intellectuelle, souvent en raison des critiques ou du dénigrement qu'elles ont subis, ce qui les empêche de cultiver leurs talents. Il est regrettable que des génies potentiels ou des innovateurs puissent passer inaperçus.

J'éprouverai longtemps une frustration immense à l'idée que j'avais peut-être laissé filer une vie pleine de mérites à cause de doutes persistants, à cause de barrières que l'on avait mises sur mon chemin. Sans que je sache comment les contourner.

Lorsque je suis ressortie de ce cabinet, j'avais le sourire jusqu'aux oreilles. Les jours suivants, j'étais dans un état d'euphorie. J'avais l'impression que je faisais la plus belle action du monde : en mettant derrière les barreaux ce pervers sexuel, je sauvais de futures victimes. Mais il fallait attendre le procès, qui allait me réserver bien des surprises.

7

J'entre dans le bureau de maître Gostes, avocat de l'association Enfance et Partage. Très enthousiaste, il m'invite à m'asseoir. Aujourd'hui n'est pas un rendez-vous comme les autres : cela fait deux ans que l'instruction judiciaire a commencé, et elle vient de s'achever.

Le déroulement de cette instruction judiciaire peut paraître long, mais en réalité, si on la compare à certaines autres affaires de pédophilie qui s'étalent sur trois longues années, la mienne a été traitée rapidement. Tous les six mois environ, mon avocat me tenait informée des progrès de l'enquête. Ce qui est fascinant, c'est que peu de temps après que j'eus déposé plainte, un incroyable rebondissement allait confirmer mes inquiétudes. J'ai pu pendant ce temps commencer à retrouver un peu de paix intérieure au sujet de mon oncle, car il demeurait en détention provisoire en attendant le procès.

J'ai dans mes mains une « ordonnance de renvoi en cour d'assises ». J'ai reçu ce document en recommandé, quelques jours avant mon rendez-vous avec mon avocat. J'avoue ne pas comprendre grand-chose au contenu de ce courrier. Je suis un peu perdue, mais il me rassure : « Cela veut dire que l'on y est ! C'est le procès. L'instruction est arrivée à son terme, maintenant nous allons en cour d'assises. » Cette bonne nouvelle me rassure autant qu'elle m'effraie. Depuis ma plainte, il y a eu de longs mois d'attente, comme un temps mort. Pendant toute cette période, qui semble interminable, on n'a qu'une idée en tête : quand aura lieu ce procès ? Tout à coup, ce qui restait imaginaire et semblait s'éloigner du réel vous revient en pleine face. Ce rendez-vous avec mon destin, si attendu et dont parfois je désespérais, m'intimide un peu. Mais j'ai le sentiment d'accomplir une grande chose. Je vais pouvoir crier tout ce que j'ai à crier et enfin me faire entendre devant une autorité qui jugera sur des preuves et des faits.

J'éprouve une profonde appréhension à l'idée de devoir révéler ces actes horribles devant un public inconnu. Ce qui me tourmente davantage, c'est la perspective que mes parents soient contraints d'entendre les détails sordides de mon calvaire. Certes, ma mère avait déjà pris connaissance de certains détails, mais mon père demeure largement dans l'ignorance. Cette fois, il ne pourra plus échapper à la réalité brutale de ce que j'ai vécu. Malgré mon statut de victime, je ressens un profond chagrin à l'idée de les confronter à ces vérités déchirantes, avec parfois ce sentiment que je leur cause des ennuis inutiles.

Contrairement à une partie de ma famille qui sera présente au tribunal pour soutenir mon oncle. Eux m'ont déjà condamnée sur des préjugés : je suis une aguicheuse, tandis que lui est une victime. Il peut être choquant et cruel de constater à quel point un pédocriminel est doué pour tromper son entourage en lui faisant croire sa version des faits. Ce qui est encore plus surprenant, c'est la façon dont on se refuse à entendre la parole d'une victime, surtout quand elle est très jeune. Cette capacité à convaincre les autres révèle à quel point ces personnes sont habiles pour manipuler leur entourage. Et je n'arriverai jamais à accepter que l'on puisse encore faire confiance à ces monstres.

J'irai leur cracher cette vérité qu'ils refusent d'entendre. Je vais pouvoir me délivrer de ce qui me pèse depuis tant d'années.

Pour me familiariser avec cette machine judiciaire inconnue, maître Gostes m'explique quelques éléments d'un procès. Mais surtout, il préfère m'avertir du climat qui pourrait me déstabiliser. Il est possible que certains propos de l'avocat de mon oncle m'accablent. Et même certains témoignages. Le but étant, pour la partie adverse, de me discréditer un maximum, afin d'obtenir une peine plus légère. Il est important que je ne me laisse pas submerger par la colère et ne prononce pas de parole déplacée. Même mes attitudes pourraient avoir une influence sur certains jurés. Un tribunal, c'est aussi un lieu de théâtre.

Ce qui est étonnant c'est que, en tant que victime, on n'a pas connaissance à l'avance des personnes qui viendront témoigner à la barre. Comme les faits reprochés sont accablants, on pourrait croire qu'un tel procès sera vite expédié. Mais la justice protège aussi l'accusé et le droit de se défendre. La présomption d'innocence permet que le procès soit équitable avec des débats contradictoires. Ainsi, la décision de condamnation ne se fonde que sur des preuves recherchées et produites. Tous les témoignages doivent être confrontés et discutés. L'institution estime la gravité de l'infraction et punit en conséquence.

Dans mon esprit persiste un doute, car en ce qui me concerne, les événements commencent à dater, ce qui ne permet pas de fournir des preuves physiques. Je ne dispose pour me défendre que de témoignages et de rapports d'expertises. Mais heureusement, mon oncle avait été déjà condamné, il avait un casier judiciaire qui allait peser lourd.

Forcément, quand on est victime, on souhaite la peine maximale, on ne veut pas entendre parler de circonstances atténuantes. Naturellement, je veux que mon oncle ait la plus lourde condamnation possible.

Un point sur lequel mon avocat insiste, c'est ma tenue vestimentaire. Cela peut paraître anodin, mais en vérité, c'est aussi important. Mon allure ne doit pas donner d'*a priori* aux jurés. Il est dans la nature des hommes de juger sur les apparences. Il est donc crucial que je montre un profil équilibré – en l'occurrence, celui d'une bonne mère de famille. Ma tenue doit être sobre, avec un maquillage discret. Il est essentiel que je puisse me faire entendre sans détourner l'attention sur mon apparence. Je dois être dans les habits de la victime. Une jupe trop courte pourrait évoquer une provocatrice, ou une charmeuse, et cela donnerait raison à mon oncle.

Une autre chose importante est mon élocution. Mon avocat commence à me connaître et il sait que j'ai tendance à être fougueuse quand je parle de mon affaire, animée par un besoin ardent de justice. Je vais devoir me canaliser pour gagner en crédibilité.

Après avoir terminé ses explications, mon avocat demande à sa secrétaire de faire entrer dans son bureau deux personnes. Au cours de l'instruction, le dossier de mon oncle s'était étoffé. L'air confus, un jeune papa et sa fille âgée d'environ sept ans me rejoignent. Lui, c'est Denis, un des enfants de Thérèse, la femme de mon oncle. Il a une quinzaine d'années de plus que moi. Je le connaissais vaguement, quelquefois il venait voir sa mère en voisin. Il habitait dans l'immeuble d'à côté. Elle, c'est Anna. Je ne l'avais jamais vue. Tous deux ont vécu un drame il y a quelques années. À vingt-sept ans, la maman de cette enfant, qui n'avait encore que trois ans à l'époque, a été emportée par une méningite foudroyante.

J'ai eu l'occasion de la croiser quelquefois chez mon oncle. C'était une charmante femme blonde et élancée. Elle et son mari, je les trouvais beaux, ils rayonnaient de joie et d'avenir. Malheureusement, la petite

Anna n'aura pas eu la chance de profiter longtemps du bonheur de son foyer. Elle aura été injustement et doublement condamnée par le destin en se retrouvant sur le chemin de ce pervers.

Depuis, Denis, accablé par la perte de sa femme, confiait de temps à autre sa fille à sa mère. Mais il ignorait qu'il mettait sa fille entre les griffes d'un pervers sexuel. Le pauvre homme n'avait jamais eu connaissance du passif de son beau-père.

Il est ahurissant de constater que ma tante a pu laisser, en son absence, sa petite-fille à son mari. Désormais, je suis persuadée qu'elle ne pouvait pas ignorer que cet homme était un pervers. Quel genre de femme peut faire preuve d'une telle négligence, d'une telle monstruosité, même quand il s'agit de ses petits-enfants ? Elle ne pouvait pas ignorer à quel point il était dangereux, sachant qu'elle devait l'empoisonner certains soirs avec des anesthésiants lorsque j'étais enfant…

À croire qu'elle sacrifiait des êtres innocents pour le bien-être de cet homme démoniaque ! Il faut être complice pour se comporter ainsi ! Comment son fils a-t-il pu lui pardonner cette abomination lorsque le calvaire de sa fille a éclaté au grand jour ? Elle a eu la chance de n'avoir jamais eu d'ennuis avec la justice… Pour moi, cela équivaut pourtant à de la non-assistance à personne en danger.

Cette petite fille toute frêle, si fragile, se cache derrière son père. J'ai honte de moi en comprenant qu'elle aussi a été monstrueusement maltraitée par cet homme sans état d'âme. Pourquoi n'ai-je pas su parler plus tôt ? J'aurais pu éviter cela. Je suis à ce point mal à l'aise que j'aimerais la prendre par la main, la rassurer et lui dire : « Tout ira bien maintenant, on va t'aider. » Et surtout, ajouter : « Pardon, pardon pour mon silence ! »

L'exemple d'Anna, comparé à mon histoire, est frappant. Alors que j'ai grandi dans un environnement familial compliqué, elle avait un papa aimant. Pourtant, mon oncle a réussi à exercer une emprise sur elle. Son talon d'Achille : sa vulnérabilité qui était la perte tragique de sa maman. Comme je l'ai déjà évoqué, les incestueux de ce genre sont des pervers opportunistes. Un enfant fragilisé par un drame ou ayant des difficultés familiales est une proie facile. Ce sont des prédateurs qui savent manipuler à la perfection. Ils créent dans votre esprit comme une « aliénation affective » et vous êtes pris au piège, il y a de la confusion entre l'affectif et le mal. Ensuite, il est très facile d'introduire dans votre cerveau l'idée de la culpabilité.

Mon oncle s'occupait souvent des petites-filles de ma tante et il n'y a jamais eu de plaintes pour des maltraitances sexuelles envers ces enfants. Enfin, à ma connaissance… Il semblerait qu'elles ne souffraient pas de carence affective. En revanche, la petite Anna et moi avions ce point commun.

Le jour où j'avais eu cette intuition face à la petite Sarah qui refusait d'aller chez son grand-père, cela m'avait fait prendre conscience qu'il était temps de parler, de briser le silence dans cette famille. Cela m'obligeait à prendre mes responsabilités. En tant que victime, je comprenais qu'il était impossible qu'un tel individu se contente d'une seule proie.

Le sort voulait que ce ne soit pas Sarah que je retrouve dans ce cabinet d'avocat, mais sa cousine, Anna. Chose tragique, cette pauvre martyre allait étayer ma vérité. Il était désormais temps de nous rendre justice et de mettre à jour la cruauté de cet homme. Le malheur d'Anna n'allait sans doute pas soulager ma conscience de m'être tue toutes ces années. Car, j'en suis maintenant convaincue, il existe quelque part d'autres victimes qui souffrent en secret et ne parleront jamais.

La honte et la culpabilité m'ont longtemps empêchée de parler, et pourtant jamais je ne me pardonnerai de ne pas avoir confessé plus tôt mon secret. Sans mon silence, Anna n'aurait pas subi le même sort que moi. Depuis, je lutte obsessionnellement contre le mutisme. C'est pourquoi j'ai toujours créé un lien de confiance et de complicité avec mes enfants. Cette connivence leur permet de tout me dire, sans embarras. Régulièrement, je leur répète que lorsqu'il se passe quelque chose de grave, même si c'est une bêtise, il est préférable d'en parler sans attendre. Même s'ils ont peur de se faire gronder. Car, avec le temps, les événements peuvent s'aggraver.

Depuis que Denis et Anna sont dans le bureau, il y a une gêne entre eux et moi. Alors notre avocat détend l'atmosphère avec des banalités. Puis il revient sur certaines circonstances du procès : il se déroulera pendant deux jours, le premier étant celui où l'on constitue le jury et où l'on présente les faits. Souvent, la partie adverse sollicite le huis clos. Mais il n'est pas dans notre intérêt de l'accepter.

Avant de nous quitter, notre avocat nous réconforte avec beaucoup de délicatesse :

—Quoi qu'il se passe, quoi qu'il se dise de blessant, le verdict sera sans surprise.

Le matin, quelques heures avant le procès, dans un hôtel non loin du tribunal, je me réveille avec une boule au ventre. La nuit a été agitée. J'ai une impression de trou noir, un peu comme le jour où je suis venue déposer ma plainte au commissariat. C'est comme si j'avais tout oublié. J'ai peur d'être dans l'impossibilité de témoigner. Rien que de m'imaginer dans cette salle d'audience avec un public m'effraie. Je prends pleinement conscience que, sans moi, tout cela n'aurait pas eu lieu. Avoir été l'investigatrice de ce procès me donne l'impression que beaucoup repose sur mes épaules. Heureusement que Paul est à mes côtés. Lui est calme et, comme à son habitude, a toujours les bons mots pour me rassurer.

Nous arrivons devant le tribunal de Bobigny. Son architecture est surprenante. Il ne ressemble absolument pas à ces bâtiments historiques qu'on a plutôt l'habitude de voir. Souvent, ce sont des constructions inspirées de l'Antiquité, avec de grandes colonnes à l'entrée. C'est très vieillot, et noirci par le temps. Au contraire, cette bâtisse aux allures extravagantes me donne le sourire. C'est un édifice moderne, tout en verre de couleur bleue. Du coup, je n'éprouve pas ce sentiment d'austérité et de sacralité que ces vieux palais de justice provoquent habituellement.

En entrant dans ce palais de justice, il faut montrer patte blanche. Tous les visiteurs doivent passer sous un portique détecteur de métaux, gardé par deux agents de sécurité. Je me dis que ce serait dommage que l'on tue mon oncle d'un coup de poignard. Cela me priverait de ce procès tant espéré. Mais je comprendrais que le papa d'Anna puisse avoir l'envie de passer à l'action pour soulager sa colère. Moi-même, à l'époque de son cancer, j'étais submergée par une telle haine que j'aurais presque espéré que cette maladie me rende justice. Mais il est préférable de laisser le tribunal des hommes accomplir son devoir. La colère et la haine ne sont pas les réponses appropriées.

Lorsqu'on pénètre dans ce palais de justice, on est tout de suite saisi par la luminosité que procure la grande verrière. Dans ce hall gigantesque, j'aperçois au loin mon avocat qui discute avec des collègues. Aimablement, il me fait signe de le rejoindre. C'est curieux de le voir ainsi, son attitude me semble différente de celle que j'ai l'habitude de voir lorsqu'il est dans son bureau. Peut-être est-ce le lieu et cette grande robe noire avec cette collerette blanche qui lui donnent cette prestance. Il m'aborde avec vivacité et enthousiasme. Ici, il est dans son élément. On croirait voir un boxeur prêt à monter sur le ring. Son dynamisme et sa bonne humeur m'encouragent à être positive. Avec un grand sourire et une voix douce, il m'interroge :

—Bon, vous êtes prête ? Allez, suivez-moi.

Il m'attrape délicatement par le bras et me guide vers la salle d'audience où aura lieu le procès.

Dans cette pièce encore presque vide, j'ai une sensation pesante. J'ai l'impression qu'il n'y a pas de chauffage. Je ressens une légère crispation due au stress, mes dents se mettent à claquer. Cette sensation de froid artificiel m'envahit. Ici, dans cet endroit, je vais revivre des événements traumatisants et l'issue du procès aura un impact majeur sur ma vie !

Il me fait asseoir, me laisse seule quelques instants puis revient, accompagné de Denis et Anna. Pour nous mettre en confiance, il nous explique la configuration de ce tribunal où évoluent les principaux acteurs de la cour d'assises. C'est une sensation étrange de se retrouver dans un pareil endroit. On y respire la gravité. Ici, c'est le théâtre de drames humains. Après tout cela, j'espère ne jamais y remettre les pieds.

Mon oncle entre sous escorte dans le box des accusés. Il est à une quinzaine de mètres de moi. Il ne me regarde pas. Il nous ignore. Mesure-t-il la gravité de ce qu'il nous a fait ? Cela fait maintenant deux ans et demi qu'il est en préventive. Il n'a revu la lumière du jour qu'à l'enterrement de notre grand-père. Il était accompagné de policiers, et cela avait créé une curieuse atmosphère. Mes dénonciations avaient scindé en deux clans la famille. Autour du cercueil, on pouvait ressentir une atmosphère pesante. J'avais plus de larmes de colère que de peine pour la mort de mon papi.

Sur le banc des accusés, il a beau être présent, je me pince pour comprendre que c'est bien lui, qu'il est là pour être enfin jugé. L'air absent et peu concerné, jamais il n'aura un regard vers nous. Il nous donne l'impression que nous n'existons pas. C'est presque humiliant. J'aurais espéré apercevoir ne serait-ce qu'une once de repentance dans ses yeux, trouver un signe d'humanité, de moralité, une lueur d'âme. Cependant, il demeure impassible, retranché dans le box des accusés. Il est important que je lui montre, à l'image de ce jour, à l'hôpital, où je suis venue le voir, que je me tiens toujours debout. Seulement, cette fois, je peux parler à voix haute, lui dire à quel point il m'a fait endurer la souffrance.

Une sonnette retentit, une voix grave annonce la cour, tout le monde se lève. Nous y sommes !

Le président de la cour, habillé d'une imposante robe rouge, sur un ton très protocolaire, nous fait asseoir. Je me retourne vers l'auditoire et je constate avec étonnement qu'il est quasi vide.

Puis le président demande à l'accusé de se lever et l'invite à décliner son identité. C'est une vraie comédie qui se joue. Dans une urne, le président tire au sort six papiers, parmi trente-six, qui seront les six jurés pour le procès. À l'appel de son nom, chaque juré se lève et se dirige vers lui. À tout moment, l'avocat général ou celui de la défense peuvent récuser trois personnes. Aujourd'hui, il n'y aura aucune récusation. Enfin, les jurés prêtent serment.

Sans surprise, la défense demande le huis clos. Le président de la cour s'adresse à nous, les victimes, et nous explique l'importance d'un refus : en effet, devant l'auditoire sera livrée une partie intime de notre vie, jusqu'au plus glauque. Mais nous refusons le huis clos. Nous pensons qu'il est encore plus humiliant pour notre bourreau d'être mis en lumière.

Cependant, Anna, âgée de sept ans, devra témoigner à huis clos afin de garantir sa protection et son bien-être.

Le président s'adresse à mon oncle et aux jurés pour prononcer l'arrêt de renvoi, c'est-à-dire les faits reprochés. Puis le greffier lit l'acte d'accusation. Mon oncle reste impassible, imperturbable. Soudain, un coup de marteau retentit : la suite de l'audience est reportée au lendemain. Il y a quelque chose de frustrant, comme un goût d'inachevé à ce moment-là, car on commence à s'approprier le lieu et l'atmosphère qui y règne. J'avais envie d'en découdre avec mon oncle. En même temps, cela me permettait de relâcher une certaine pression, de me recentrer. La nuit allait me libérer du tourbillon émotionnel, me permettre d'organiser mes pensées pour enfin être prête à témoigner sereinement le lendemain.

Lorsque je sors du palais de justice, je suis lessivée. Le stress et toute l'adrénaline accumulés au cours de ces dernières heures retombent.

Rapidement, avant de nous quitter, notre avocat s'assure que nous allons bien et nous donne un aperçu rapide de ce qui nous attend le lendemain. C'est rassurant de savoir qu'il est là pour nous guider à travers ce processus difficile, nous fournissant les informations nécessaires afin d'être préparés au mieux mentalement et émotionnellement.

Le soir, avant de me coucher, Paul me donne un dernier conseil pour le lendemain :

—Tu sais qu'à la fin du procès, tu auras droit aux derniers mots. Fais-le ! Parle. Parle enfin avec tes tripes, n'aie pas peur ! Ce sera la dernière fois que tu pourras t'adresser à ton oncle. Il faut que tu te libères. De plus, tu peux marquer des points auprès des jurés.

Ce sera le moment où je pourrai exhumer toutes ces choses enfouies au fond de moi. Je ne sais pas encore ce que je vais dire. Mais une chose est sûre : je vais prononcer les mots les plus libérateurs que j'aie jamais dits durant toutes ces années !

8

J'entre dans la salle d'audience et, à mon grand étonnement, elle est bourrée à craquer. Il y a une grande effervescence, la salle n'arrête pas de se remplir. Je n'aurais pas imaginé que cette affaire attirerait autant de monde.

Il est vrai que les audiences quotidiennes des procès sont affichées dans le tribunal. Les gens consultent ces listes et, naturellement, les affaires de mœurs attirent davantage de spectateurs car il y a incontestablement un côté sensationnaliste. J'en suis consciente, cela me dérange un peu, mais la nature humaine est ainsi.

C'est aussi l'occasion pour les étudiants en droit qui aspirent à une carrière dans le droit pénal ou la magistrature d'assister à un cas d'école, grandeur nature.

C'est un peu stressant et intimidant, mais cela me ravit : après tout, c'est ce que nous voulions. Pendant trop longtemps j'ai dû me taire, aujourd'hui je vais me libérer publiquement de l'emprise de mon oncle.

Je vais enfin prouver que cet homme est démoniaque. Que tout cela est réel.

Bien sûr, sortir des ténèbres est douloureux, mais il faut que je me libère de ce passé. C'est effrayant, car je ne me suis jamais livrée en public. J'ai la sensation de quitter la clandestinité. Je vais pouvoir sortir de l'anonymat et livrer mes secrets les plus intimes, crus et sans retenue. Alors, j'observe un à un tous ces visages inconnus et j'imagine comment ces personnes m'apprécieront. Sauront-elles me comprendre ?

Je ne cherche pas la pitié. Je veux que l'on voie en moi une jeune femme qui a le courage de livrer à la société un prédateur sexuel.

Quand je contemple ces personnes qui entrent dans la salle d'audience, un homme retient mon attention au point qu'une curieuse émotion m'envahit. Je réfléchis quelques secondes. Ce visage ne m'est pas inconnu. Un homme blond aux yeux bleus ?… Je ne peux m'empêcher de le dévisager avec plus d'insistance. Soudain, je me souviens. C'est Romain ! Son regard demeure ancré au mien, il semble insister pour s'assurer que je le reconnaisse. Cela me laisse sans voix, un instant suspendu dans le temps, je ne m'attendais pas à le retrouver dans de telles circonstances. Cela faisait dix ans qu'il avait disparu de ma vie. À l'époque, c'était encore un adolescent avec une acné juvénile, aujourd'hui, c'est un homme. Même en prenant de l'âge, il conserve sa beauté, son regard envoûtant et le charisme qui l'accompagne toujours. Légèrement embarrassée, je lui adresse à la hâte un timide signe de la main.

Mais pourquoi est-il là ? Comment a-t-il pris connaissance de ce procès ? Sa présence inattendue, en ce jour important de ma vie, ajoute une petite pression. Il va découvrir tout un pan de ma jeune existence ; ce jeune homme que j'aimais tant à cette époque ne savait rien…

La sonnette retentit, tout le monde se lève, le tribunal fait son entrée, le juge nous fait signe de nous rasseoir. Je suis assise auprès de mon avocat et de la petite Anna, accompagnée de son père Denis. Mon cœur palpite un peu plus fort quand entre dans le box des accusés, face à nous, mon oncle. Puis je reprends possession de mes moyens, en me convainquant qu'aujourd'hui, c'est moi qui suis en position de force. On prétend que la nuit est bonne conseillère, mais pour lui, sa posture reste inchangée. Son expression demeure imperturbable, froide, comme s'il restait indifférent à la situation. Pourtant, j'imagine que son avocat a dû lui conseiller d'adopter une attitude plus neutre…

Je veux lire dans ses yeux ce qui s'y trame. Je voudrais qu'il ait honte, qu'il n'ait plus l'indécence de nous donner l'image d'un homme respectable.

Je cherche son regard avec insistance. J'ai envie de lui crier :

—Tu n’as plus d’emprise sur moi, maintenant, c’est moi qui vais te dire ce que tu vas faire !

Mais à aucun moment il ne croisera mon regard. Il a encore l’arrogance de garder la tête haute. Ce mépris dont il fait preuve me donne l’impression qu’il n’est pas concerné par ce qui se déroule.

À l’appel de mon nom, je m’approche fébrilement de la barre. Après avoir décliné mon identité, le juge me demande d’exposer les faits et de ne pas avoir peur d’entrer dans les détails. Alors je parle de cette première fois dans la voiture, des nombreuses fellations, de son appétit sexuel de plus en plus démesuré, de la sodomie avant d’avoir rencontré mon premier petit ami. Brièvement je me retourne et j’aperçois Romain, il a le regard médusé. Cela me remplit de honte, j’ai l’impression de me mettre à nu devant lui et cet auditoire. Pour y parvenir, je dois me concentrer et oublier la présence du public. Je revis le contexte, ces moments précis, et malgré mes efforts pour bannir ces douloureuses sensations, ce traumatisme est bien présent.

Chaque fois que je fais ressurgir ces horreurs, les nausées me gagnent et mon cœur s’emballe. Ce qu’il y a de plus éprouvant, c’est que je peux encore sentir ces odeurs associées à mon oncle : son haleine qui empestait le Ricard, que je ne peux plus respirer aujourd’hui, sa peau qui dégageait un étrange parfum terreux mélangé à du goudron chaud après une pluie. Même s’il se lavait, ses odeurs corporelles étaient mêlées à celles, persistantes, liées à son travail. La mémoire olfactive n'est pas toujours votre meilleure alliée.

Une fois mon témoignage terminé, un silence pesant envahit la salle d'audience. Les secondes qui s'écoulent semblent s'étirer et je peux sentir une certaine gêne, presque de l'embarras. Bien que le président de la cour soit un professionnel aguerri, je vois dans son regard de l'émotion. Il n'en demeure pas moins un être humain. Avec une bienveillance apparente, il commence à me poser des questions et cela me semble interminable. Je brûle du désir que cela se termine. C'est difficile d'exhumer cette période de ma vie, mais en même temps, cela m'allège chaque fois un peu plus.

Lorsqu'on me demande pourquoi je n'ai jamais révélé à mes parents les agissements de mon oncle, dans le but de ne pas les accabler, de ne pas les faire paraître comme des parents tyranniques, j'ai simplement expliqué que je me sentais complètement emprisonnée dans mon mutisme. C'était une honte constante, alimentée par la crainte que tout ce qui s'était passé soit ma faute, que j'aie commis une grave erreur. Et peut-être même que c'était moi qui avais provoqué tout cela. Cette terreur m'envahissait chaque jour un peu plus, me plongeant dans un abîme de culpabilité et de silence.

Vient l'instant où c'est à ma mère de témoigner. En allant à la barre, elle me jette un regard confus. Je sens qu'elle est un peu perdue, que cela l'embarrasse d'être ici. C'est un moment douloureux, elle craque. Moi qui l'ai toujours vue comme une femme forte et dominante, elle se dévoile vulnérable devant la cour. La pression devient trop écrasante. L'avocat de la partie adverse la malmène. En réponse à la question de savoir si elle admet n'avoir jamais perçu le moindre signe inhabituel dans mon comportement, elle répond à la hâte que, si seulement elle avait eu le moindre doute, elle aurait immédiatement réglé son compte à son beau-frère. En entendant ces mots entrecoupés de sanglots, je prends conscience de l'importance que j'ai pour elle. Pourtant, je découvre que, malgré tout, même si elle a fait au mieux pour m'aimer, elle ne m'a pas protégée.

J'aimerais faire preuve de compassion, mais je n'y arrive pas. Plus je l'observe, plus je ressens des sentiments mêlés d'amertume et d'apitoiement.

Maître Gostes nous avait prévenues : l'avocat de la partie adverse allait être impitoyable. Contre de telles accusations, quand le désespoir pointe, la défense, c'est l'attaque ! Le témoignage de ma mère est capital. Elle peut être utilisée pour amoindrir l'accusation. Tous les coups sont permis.

C'est horrible de penser cela, mais je me disais qu'au moins, ma mère allait peut-être prendre conscience de ses carences en termes d'éducation. Comment peut-elle avoir été aussi aveugle ? Et si elle avait volontairement fermé les yeux ? Était-ce du déni ? Elle expliquera à la cour que je n'étais pas une enfant facile, que cela la soulageait de me laisser en garde chez son beau-frère, mais qu'à aucun moment elle n'avait eu le moindre soupçon.

Ce moment désagréable qu'elle subit, cette honte, est aussi sa faute. Elle n'avait pas su comprendre l'enfant que j'étais. Elle n'avait pas su être à l'écoute du malaise que je vivais à cette époque.

Lors de son témoignage, mon père restera impassible, il ne laissera transparaître aucune émotion. Ses réponses seront succinctes, marquées par la fermeture, il se contentera de confirmer les propos de ma mère, soulignant à quel point j'étais une enfant particulièrement difficile. Le mystère entoure ses sentiments et son attitude.

Les négligences de mes parents ont sacrifié mon enfance. Pour la partie adverse, si mes parents attestaient n'avoir jamais eu de soupçons, les accusations étaient donc discutables.

Puis il y a le témoignage qui touche en plein cœur, pour tenter de détruire les accusations. La fille de ma tante caricature le témoignage de ma mère :

—Ce n'est pas étonnant, si les parents n'ont pas été clairvoyants, c'est que tout cela n'a jamais existé…

Pour appuyer ses affirmations, elle ajoute qu'il arrivait qu'elle aille parfois à la plage avec sa mère et son beau-père : chaque fois, elle avait les seins nus. À aucun moment Robert n'a eu ni de paroles ni de gestes déplacés, d'autant qu'elle était très proche de lui. Jamais il n'a été ce pervers que l'on décrie tant.

Quant à ma tante, elle reconnaît que l'alcool peut parfois rendre son mari un peu agressif, mais elle nie avoir jamais observé le moindre comportement inapproprié envers les enfants. Sa déposition créé un sentiment de perplexité, car elle est partagée entre l'aveu de la violence liée à l'alcool et le refus de reconnaître tout acte répréhensible envers les petites filles. Lorsque j'entends ces paroles, je suis scandalisée. Je repense à cette fois où je l'ai aidée à se relever du sol, à moitié assommée, parce que je m'étais opposée au désir de mon oncle. Je me souviens aussi de ce jour où elle nous a surpris dans le salon, dans une situation embarrassante. Je me demande si elle ne cherche pas à se protéger, car elle connaît la vérité !

Puis c'est au tour de la petite Anna. Évidemment, son témoignage se fera à huis clos. Lorsqu'elle avance vers la barre, on découvre une enfant toute menue. Elle paraît si vulnérable et si fragile que cela fait froid dans le dos d'imaginer qu'un adulte puisse avoir souillé ce petit être. La salle d'audience vidée de son public laisse un silence d'église, l'atmosphère est encore plus lourde.

Devant la fragilité d'Anna, le président de la cour prend un ton moins grave, plus compatissant :

—Ne t'inquiète pas. Nous sommes entre nous. Tu vas me parler comme si tu étais une grande personne. Ici personne ne te jugera, tu as le droit de dire les choses comme tu as envie.

Aux premières questions, ses réponses sont évasives. Pourtant, la cour a besoin de mots précis et de détails, même si c'est cruel. L'instant est grave, parce que son témoignage est capital pour convaincre les jurés. Il faut qu'ils puissent se forger une idée précise de l'ampleur et de la gravité des faits. L'avocat général lui demande de mettre des mots sur des images qu'elle a en tête. Immanquablement, les paroles de cette enfant m'atteignent, c'est un voyage dans le temps où je revois mon oncle s'acharner sur moi… Les faits qu'elle rapporte sont semblables à ceux que j'ai subis :

—Papi me mettait ses mains dans la culotte, il me touchait la toutoune… parfois il me mettait les doigts dedans… il mettait sa langue… des fois il y avait son zizi dans ma bouche…

Et à la question de savoir où cela se déroulait :

—Souvent dans le canapé… chez lui…

Après l'audition du témoignage d'Anna, l'atmosphère est encore plus pesante. Les professionnels de la cour restent un instant sans voix. Après les propos de la petite, il est difficile de reprendre le cours normal du procès. Chaque précision de cette fillette était répugnante et inaudible. Mais, si tout cela est douloureux à entendre, vivre avec ces images en soi est une autre paire de manches. Personnellement, je suis en train de faire un ignoble voyage dans le temps en présence d'Anna. Elle n'a que sept ans au moment du procès. Malgré tout, son papi niera en bloc ces horreurs, quitte à discréditer sa petite-fille. Je me demande quelle part d'humanité il peut bien lui rester. Finalement, je souffre plus pour la petite que pour moi. Moi, je suis une adulte qui a la chance d'avoir pris un peu de recul. Cela doit être humiliant d'être déconsidérée pareillement par un grand-père aussi immoral. Il a su me dominer et prendre le pouvoir sur moi pendant des années. Aujourd'hui, c'est au tour de sa petite-fille d'endurer tout cela.

Lors des plaidoiries, j'apprendrai qu'Anna était présente uniquement les week-ends où son père travaillait. Son grand-père profitait des absences de sa femme, même quand celles-ci étaient courtes, pour abuser de sa petite-fille…

Le réquisitoire de l'avocat général est sans indulgence envers mon oncle. Il démontre, sans ménagement, que cet homme est un prédateur sexuel n'écoutant que ses pulsions. Une première fois condamné, il ne semble avoir retenu aucune leçon. Le simple fait de nier ses actes le rend encore plus dangereux. Le laisser en liberté ne peut, à coup sûr, que le conforter dans son mensonge et, par-delà, lui accorder le luxe de récidiver impunément.

Au cours de sa plaidoirie, l'avocat général me sidère : un chiffre illustre la folie dont j'ai été victime, et j'avoue n'avoir jamais fait ce macabre calcul :

—Mesdames, messieurs les jurés, si on fait le calcul de toutes ces années où mademoiselle Neuvil a été confiée à son oncle durant les mercredis, les week-ends, et les vacances, on en arrive à un minimum de deux cent soixante-dix viols !

Pour la défense, contrecarrer une telle estocade est presque impossible. Deux cent soixante-dix viols ! L'effet est percutant psychologiquement. Les jurés ne vont retenir que cela. Tout est dit.

Dans ma tête défile un film en accéléré de cette époque. J'avoue avoir ressenti comme un vertige, le temps est suspendu. Je crois avoir un malaise. Puis le président de la cour me demande si j'ai quelque chose d'autre à ajouter qui n'a pas été évoqué pendant le procès. Alors je rassemble toutes mes forces. Je me lève. Puis je me tourne en direction de mon oncle pour m'adresser à lui. Pour la première fois, il me regarde. À cet instant, je sens que le public attend mes paroles. Pendant quelques secondes je me concentre et je prends une grande inspiration :

—Aujourd'hui, je ne suis pas en colère tu vois, je me libère de tout ça. En ce qui me concerne, ce n'est peut-être pas terminé, car je vais devoir vivre encore longtemps avec toutes ces choses en moi. Et je vais devoir apprendre à vivre normalement. Mais au moins, je sais que tu ne feras plus de mal dorénavant. Je ne suis plus en colère. Mais par contre, j'ai de la pitié pour toi. Parce que, malgré les paroles de ta petite-fille, malgré le rapport qui a été fait sur ta personne, malgré tout ce mal que tu as fait, tu auras nié jusqu'au bout. Dans ce procès, à aucun moment tu n'as fait preuve de regret, ni fait des excuses, ne serait-ce que pour ta petite-fille. Pourtant, c'était le moment de le faire. Mais on sait tous les deux ce que tu as fait, et tu devras vivre avec cette vérité, en sachant très bien que tu n'es pas un homme bien. Alors oui, j'ai pitié pour toi !

J'espérais lui faire ressentir le poids de sa culpabilité. J'espérais qu'il réagisse, j'espérais qu'il existe chez lui une part de compassion pour nous ses victimes. J'aurais même aimé le voir en larmes, et voir en lui une part d'humanité. Mais en vain. À aucun moment il ne réagit à mes mots. Il me regarde mais sans être là, c'en est presque humiliant. À croire qu'il veut encore garder l'emprise sur moi.

Dès le début du procès, mon oncle a continuellement nié sa culpabilité, ce qui a d'ailleurs rendu la défense plus agressive, plus nerveuse. Souvent, les explications du prévenu ont fait bondir le président de la cour.

—Ce que vous dites est absurde, relève-t-il lorsque mon oncle se défend en parlant de gestes maladroits : « Oui peut-être que je la cajolais beaucoup, mais j'étais un tonton gâteau, cette enfant avait besoin de tendresse. Alors j'ai peut-être fait trop de câlins, des câlins qu'elle aurait pu avoir mal interprétés, mais je n'ai rien fait de mal. »

Quand l'avocat général lui a demandé s'il se rendait compte qu'il avait fait de nous des objets sexuels, que ces choses ne se font qu'entre adultes consentants, il a répondu, comme à chaque fois, qu'il ne comprenait pas pourquoi on l'accusait de ces choses-là. Lorsqu'il s'est entendu dire que l'expertise psychiatrique a constaté une déviance « pédophile » et un problème narcissique, il a continué à nier en bloc, cela semblait ne pas l'affecter. À la fin du procès, le président de la cour a tenté une dernière fois de le faire avouer :

—Est-cc que vous avez conscience du massacre psychologique que vous avez commis sur vos victimes ?

Il a maintenu qu'il n'avait rien à faire dans le box des accusés. Depuis son interpellation et son placement en détention provisoire, il jouait le rôle de la victime, rejetant toute accusation. Pourtant, j'avais l'espoir qu'il finisse par craquer, qu'il prenne conscience de tout le mal qu'il nous avait fait. Qu'après deux ans derrière les barreaux, il aurait eu le temps de réfléchir.

Le président de la cour clôture l'audience pour délibérer. Mon avocat me demande de ne pas trop m'éloigner, car pour lui, c'est évident : la délibération ne durera pas longtemps.

Soudain, cette salle d'audience, qui semblait anesthésiée par la cascade d'horreurs qui avaient été dévoilées, se réveille dans l'effervescence. Ma grand-mère paternelle et ses filles, qui étaient présentes pour soutenir mon oncle, se sont volatilisées. Comment peuvent-elles continuer à agir ainsi après toutes ces révélations publiques ? Peut-être éprouvent-elles de la pitié parce qu'elles considèrent qu'il a fait seulement une grosse bêtise et qu'elles estiment qu'il faut lui apporter un soutien moral, même s'il ne le mérite pas. Quelques anonymes, encore abasourdis, nous observent avec compassion, Anna et moi. C'est presque embarrassant.

Lorsque je sors du tribunal, je suis éreintée, comme si j'avais couru un marathon. Même si le jugement n'est pas encore prononcé, je sens que je me libère peu à peu du poids et de la pression de ce procès. Moi qui suis du côté des victimes, je me demande quelle mystérieuse force a mon oncle pour ne pas avoir montré une seule émotion. Quel homme peut-il être pour endurer avec autant d'aplomb toute cette pression et s'abriter derrière ses mensonges ? Moi qui étais là pour relater la vérité, je suis épuisée.

Sans perdre de temps, Romain me fait un clin d'œil discret. Rapidement, je le rejoins. Sur un banc à l'abri des oreilles indiscrètes, nos premiers échanges sont timides. Je suis tellement contente de le revoir, c'est un jour si spécial. Il me fait part de son incompréhension :

—Mais pourquoi tu ne m'as rien dit, quand nous étions ados ? Après tout ce temps que j'ai passé auprès de toi, finalement, je ne te connaissais pas. J'aurais peut-être pu t'aider…

C'est toujours difficile d'exprimer la honte, mais comment expliquer que j'étais sous l'emprise de mon oncle, qu'il me manipulait ? De toute façon, si Romain avait su, avec son tempérament fougueux, il aurait sans doute été violent envers mon oncle. Romain s'en veut de ne pas avoir su déceler mon calvaire. Mais à cette époque, si j'avais parlé, je me serais sentie en danger. Aujourd'hui, j'ai l'impression d'avoir vécu longtemps comme étant deux personnes.

Après avoir expliqué à Romain mon état psychologique à cette époque, j'ai surtout à cœur de comprendre sa présence au procès.

J'apprends que, au cours de sa jeunesse délinquante, il s'est fait pincer lors d'un cambriolage, puis a été incarcéré un an à la maison d'arrêt de Fleury-Mérogis. C'est à cette occasion qu'il a croisé mon oncle, provisoirement écroué dans cette prison pendant l'instruction de mon affaire. Robert a inventé un prétexte bidon pour se protéger, prétendant qu'il a été impliqué dans une bagarre qui a dégénéré en coups et blessures graves, l'ayant finalement conduit derrière les barreaux pour quelques années.

Mon premier amoureux a donc côtoyé mon oncle pendant un temps avant que celui-ci soit placé dans le quartier d'isolement spécial. Mon ex-petit ami ne comprenait pas pourquoi il avait été subitement placé dans cette partie de la prison. C'est à la fin de sa peine qu'un de mes cousins, tout juste incarcéré pour avoir tué accidentellement sa femme, lui avait révélé mon histoire. Romain ajoute avec fureur :

—Si j'avais su qu'il t'avait fait ça, je peux te promettre qu'il n'en serait jamais ressorti vivant, de cette prison.

Pour une fois, les mensonges de mon oncle étaient salvateurs. S'il était mort, le procès n'aurait pas eu lieu, et il aurait été considéré comme la seule et unique victime.

Mon avocat avait raison. Il a fallu un peu moins de deux heures de délibération.

Sans aucune surprise, mon oncle est reconnu coupable de tous les chefs d'inculpation. Ce sera donc la peine maximale : douze ans ! Le président ajoute un commentaire sur un ton très sévère :

—Il y a parfois des crimes moins horribles qui sont punis avec plus de sévérité, Monsieur. Vous, en tant que récidiviste, vous mériteriez plus. Pour des personnes de votre envergure, notre loi est trop légère.

C'est étrange, mais tout de suite après le verdict, je fais le calcul : il a déjà passé trois ans derrière les barreaux, il lui reste donc neuf années. Il n'est pas encore très âgé. Que fera la justice lorsqu'il retrouvera sa liberté ? J'ai le sentiment qu'on laissera dans la nature une bête affamée qui pourra à nouveau impunément s'attaquer à de nouvelles proies sans défense.

9

Sur le perron du palais de justice, en compagnie de mes proches, l'ambiance n'est pas euphorique. Il y a simplement le soulagement que tout cela soit terminé. Désormais, mon oncle est en prison pour quelques années. Tandis qu'Anna et moi sommes reconnues comme des victimes.

Ce qui s'est déroulé ces dernières heures est le résumé d'un drame familial : notre famille est maintenant divisée en deux clans. Chacun partira de son côté avec ses propres convictions, sans plus jamais se revoir. Publiquement, j'ai enfin tout dit. À présent, personne ne peut ignorer ce qu'est Robert. Même si certains le refusent. Justice a été faite… Il ne fera pas appel.

Après ce verdict, ce n'est pas de la joie que je ressentais, juste un sentiment de liberté. Avant, je traînais un lourd fardeau, mais de ce procès je ressors plus légère. Comme si l'on me libérait d'une cage et que l'on m'offrait une seconde chance de prendre mon envol.

C'était la fin d'une époque sombre, pleine de silence et de non-dits, j'allais enfin pouvoir être moi-même et exister. Je pensais que, dorénavant, rien de pire ne pouvait m'arriver. C'était comme si j'avais rencontré le diable en personne ; maintenant que j'en étais débarrassée, la vie ne pouvait être que plus douce. J'avais l'impression de renaître, de redécouvrir la vie. Mais cela allait me rendre vulnérable et naïve. Je croyais que mon passé s'était évanoui comme par magie grâce à un verdict en ma faveur. Cependant ,je ne savais pas encore que j'étais instable, j'ignorais qu'il me faudrait du temps et peut-être de l'aide pour réorganiser mes pensées, afin de vivre en paix avec moi-même et avec le monde qui m'entoure. En revanche, pour la première fois, je prenais conscience d'un besoin fondamental de comprendre qui j'étais et ce que je désirais réellement dans la vie.

Si j'avais l'impression de m'ouvrir au monde avec mon cœur, en réalité, mon esprit était incapable d'être lucide. Auparavant je vivais dans la défiance. J'accordais peu ma confiance à autrui, et surtout pas aux hommes. Seul un certain genre de personne me rassurait.

Paul avait su m'épauler et me guider sur le bon chemin et me délivrer de mon passé. Sa présence auprès de moi lors de ce procès m'avait insufflé la force d'aller jusqu'au bout. Depuis notre rencontre, il avait été comme un phare dans la tempête. Je savais qu'avec son intelligence, sa bonté et surtout sa maturité, je m'en sortirais. Mais j'avais évolué et je sentais qu'avec lui, c'était la fin d'une époque. Que j'avais besoin d'autre chose. Je voulais prendre mon destin en main.

Cela a commencé lorsque, avant le procès, nous sommes partis vivre dans le sud de la France. Sans travail, je me sentais seule. Mes journées n'étaient consacrées qu'à ma fille, à la maison, puis à attendre mon compagnon qui rentrait tard le soir. Je ne m'épanouissais plus. J'avais le sentiment d'avoir perdu le contrôle de ma vie, mon indépendance. En l'espace de quelques semaines, je passais d'une vie sociale et active, travaillant cinquante-six heures par semaine, à une vie de mère au foyer isolée. Même si Paul m'apportait une certaine sérénité et de la sagesse, je commençais à étouffer. Cette nouvelle vie ne semblait pas me convenir. Je me morfondais à attendre que quelque chose se produise, mais plus rien d'excitant n'arrivait dans mon existence.

J'avais l'impression d'avoir soudainement vieilli, que mon emploi du temps serait désormais prévisible, une vie rangée, telle un retraité. Je me sentais cloîtrée dans une routine étouffante. C'était comme si l'avenir n'existait plus pour moi, sans horizon. Le temps semblait figé, dépourvu de toute promesse.

Paul, qui me voyait dépérir, a donc pensé comme moi qu'il serait bon que je retrouve un emploi.

Inévitablement, avec tout ce temps passé sans rien faire, je me posais tout un tas de questions sur mon devenir. Je m'apercevais que je n'avais pas vécu une vraie jeunesse. Je n'avais consacré mon temps qu'à travailler depuis mon adolescence. Mon objectif avait été d'obtenir un emploi bien rémunéré, car je percevais que cela constituait la clé de ma liberté. C'était aussi le moyen par lequel je pouvais exister, laissant derrière moi mes préoccupations.

Contrairement à beaucoup, qui cherchent refuge dans des substituts pour noyer leur désespoir et leur mal-être, j'ai eu la chance d'apprendre à faire face aux difficultés de manière plus saine. J'ai été témoin des ravages de l'alcool chez mon oncle, ou de ceux de la drogue dans mon environnement, et cela m'a renforcée dans ma détermination à ne pas suivre le même chemin. Je préfère me préserver.

Alors, forcément, je ne savais pas ce que c'était de faire la fête. Je n'avais jamais connu de soirées ni de rencontres entre jeunes. Jamais je n'avais partagé de verres entre amis. En vingt-quatre ans, je n'avais jamais bu un seul verre d'alcool. Finalement, en commençant à travailler très jeune, j'étais entrée subitement dans l'âge adulte.

J'ai donc trouvé un emploi de serveuse dans une petite ville à cinq kilomètres de chez moi. Cela m'a permis de regagner une indépendance financière, mon amour-propre, et surtout de revivre en société. J'ai rencontré Samira, âgée de cinq ans de moins que moi. Elle était apprentie en cuisine. Son aura et son style m'ont tout de suite séduite. Moderne et rieuse, elle croquait la vie à pleines dents : tout le contraire de ce que j'étais à son âge. Sa façon d'être me fascinait. C'était la première fois que je développais une véritable amitié avec une fille, une liaison où nous partagions nos confidences. Elle avait dix-neuf ans, et avec elle, je découvrais en moi une adolescente que je n'avais jamais eu l'occasion d'être. Je lui ai ouvert mon cœur à propos notamment de mon enfance complexe. Je ne voulais plus garder ces souvenirs pour moi seule. J'ai appris à en parler sans dramatiser, simplement pour qu'elle puisse mieux me connaître, comprendre mes aspirations à une vie normale et ma soif de profiter de chaque instant.

Elle avait bien cerné mon besoin de me débrider, de me lâcher un peu. Je me sentais en confiance avec elle. Cette nouvelle amitié était l'occasion de m'ouvrir à un nouveau monde. Cette jeune femme allait me donner un nouvel élan, au moment précis où j'étais en quête d'une vie qui m'était jusque-là encore inconnue.

Depuis notre rencontre, Samira insistait pour que je vienne à l'une de ses fabuleuses soirées. Elle oubliait mon âge et mes responsabilités de maman. Un soir, j'ai succombé à ses tentations. J'ai appelé Paul pour le prévenir que je rentrerais plus tard. À l'aube de mes vingt-cinq ans, j'entrais dans un nouveau monde, un monde d'insouciance où l'on peut s'étourdir de rire sans penser au lendemain. Je découvrais un lieu où des personnes s'adressent la parole sans se connaître, alors que, dans le quotidien, elles se seraient à peine dit bonjour en se croisant sur le trottoir. Je n'avais jamais vu autant de monde enjoué ne pensant qu'à s'amuser. J'étais subjuguée.

Samira m'a présentée à ses amis. Alors que je n'étais qu'une inconnue, leur accueil fut chaleureux et bienveillant. J'étais enchantée. Tous avaient une petite vingtaine d'années et profitaient avec insouciance de leur jeunesse. Près du comptoir, un petit groupe d'amis sirotaient un verre, la plupart étaient des pompiers volontaires. J'avais remarqué que l'un d'eux me regardait avec insistance. Plus réservé, c'était le seul à ne pas m'avoir encore approchée. Bel homme et timide : je n'étais pas insensible à son charme, intriguée par ce personnage aux airs mystérieux. Samira a donc joué l'entremetteuse. Nous avons discuté toute la soirée. Puis nous nous sommes revus dans les soirées où j'allais de plus en plus, à l'invitation de Samira.

Paul comprenait que je n'avais pas profité de ma jeunesse et qu'elle n'avait en rien été normale. Il pensait que cela ne durerait qu'un temps et qu'à la fin, je serais blasée. Alors, il ne m'a pas retenue. Malheureusement, face aux charmes et à la jeunesse de Marc, j'ai craqué. J'ai fini par l'avouer à mon compagnon. Je n'étais pas fière de moi, mais j'ai choisi d'assumer. Il ne m'a pas fait de drame, bien au contraire, il ne m'a pas jugée. Il espérait que je retrouverais le chemin de la raison et qu'en définitive, je reviendrais auprès de lui très vite, certain que l'euphorie retomberait bientôt. Il considérait que, pour mon équilibre j'avais plutôt besoin d'un homme mûr. En bon psychologue, Paul pensait qu'inéluctablement, j'allais vivre une période de bêtises et que c'était un processus normal et salvateur. Malgré nos difficultés sentimentales, il m'a accompagnée jusqu'au bout du procès.

La jeunesse et la beauté de Marc n'étaient pas les uniques raisons qui m'attiraient chez lui. À ses côtés, j'avais l'impression de faire une cure de jouvence, de découvrir une perspective différente sur la vie, m'ouvrant à de nouvelles expériences.

De plus, avec son tempérament un peu effacé et malléable, j'avais le sentiment que j'aurais plus de contrôle sur mon destin. Cette fois, je maîtriserais ma vie de couple, sans être à la merci d'un homme trop protecteur. J'imaginais pouvoir dominer toutes les situations. En plus de cela, mon nouveau couple allait être moins pépère et plus fantaisiste, plus en accord avec l'existence que je souhaitais.

Paradoxalement, la maman de Marc était plus extravagante. Belle femme, sans complexes, elle s'arrangeait toujours pour que ses tenues valorisent ses atouts féminins. Dès le début, elle m'a donné l'image d'une personne un peu perchée, sur un nuage. Elle était pleine de contrastes. D'un côté, elle semblait une femme sûre d'elle et séductrice, désireuse de plaire aux hommes, mais d'un autre côté, elle paraissait comme une adolescente qui n'avait pas grandi. Elle donnait l'impression de chercher la reconnaissance, mais n'osait pas l'affirmer.

Elle avait tendance à beaucoup parler d'elle-même, et nous étions fréquemment tenus au courant de ses relations qui ne semblaient pas durer, probablement parce que ses partenaires ne correspondaient pas à sa norme. Il semblait qu'elle était en conflit intérieur, partagée entre sa nature pieuse et son désir de s'affranchir.

Elle manifestait une telle assurance en public que son fils avait parfois honte. Il ne supportait pas la présence de sa mère lorsqu'il y avait ses amis, car il éprouvait un certain embarras envers ses comportements. Parfois, cela tournait au comique, elle faisait un tel cinéma ! En fait, elle semblait par moment exagérer ses manières pour le mettre dans l'embarras. Il aimait sa mère, mais de temps en temps, ils avaient des petites disputes. Sans doute devait-il prendre conscience qu'il avait à s'émanciper d'elle.

Elle exerçait une grande emprise sur lui, une sorte de matriarcat comme je n'en avais jamais vu. En sa présence, il redevenait un petit garçon, au point qu'il acceptait qu'elle lui recommande quelle tenue vestimentaire et quel comportement adopter dans certaines occasions. Marc m'a avoué un jour que sa mère aurait préféré avoir une fille. Et je me souviens de cette photo où il est habillé tout en rose. À cette époque, ce n'était absolument pas une couleur à la mode chez les garçons. Les styles vestimentaires imposés par sa mère, il les a parfois mal vécus auprès de ses camarades.

En fin de compte, il était un peu comme un jouet pour sa mère, dont les désirs prévalaient sur sa vision personnelle. Pour compenser de ne pas avoir eu de fille, elle s'immisçait de manière envahissante dans sa vie, sans jamais solliciter son avis, même si cela pouvait parfois sembler ridicule, voire irrationnel.

Quand j'abordais le sujet de son père, je ressentais un malaise. Il ne l'avait pas revu depuis une quinzaine d'années. Cette présence paternelle avait fait défaut dans sa jeunesse. Lorsqu'il était enfant, sa mère avait inoculé dans son esprit une version monstrueuse de son père. D'après elle, il aurait été capable de le mettre en cage. Seule sa mère pouvait le protéger. Cette étrange version de son père me bouleversait.

Je trouvais curieux qu'il ne puisse pas renouer avec son père à cause de conflits qui me semblaient totalement étranges. Je percevais une souffrance si profonde qu'à l'âge adulte, il avait désormais besoin de réponses. À mon sens, il ne pouvait pas avancer et passer le reste de sa vie avec des angoisses déraisonnables. J'étais persuadée que sa relation avec ce qui semblait être seulement son géniteur était réparable, qu'elle n'était pas au-delà de tout espoir. Il me semblait crucial pour lui d'affronter son passé, pour, peut-être, le réécrire.

Par amour, je me suis investie d'une mission : Marc devait revoir son papa et en avoir le cœur net ! C'est pourquoi je l'ai convaincu de prendre contact avec son père et de le rencontrer.

Par chance, nous avons rapidement retrouvé sa trace dans l'annuaire. Puis, un peu fébrile et légèrement tremblant, il a rassemblé son courage pour l'appeler. Marc avait activé le haut-parleur, ce qui m'a permis d'entendre la conversation. Les larmes versées par son père m'ont particulièrement émue. Il ne s'attendait plus à renouer avec son fils. Touché par cette émotion, mon compagnon a compris qu'il lui avait sincèrement manqué, qu'il était toujours son enfant. C'est alors que son père lui a proposé de le rencontrer pour discuter et entendre ses propos.

Après cet appel, Marc informe sa mère de son intention de renouer le lien avec son père. Celle-ci n'apprécie pas du tout cette décision, le trouvant inconscient, et essaie de l'intimider en le persuadant que son père est un manipulateur. Elle lui rappelle ses erreurs du passé, comme l'infidélité, et affirme qu'il ne mérite pas de revoir son fils. Mais pour une fois, son chérubin, d'habitude si docile, lui tient tête. Il refuse de se laisser influencer par ces arguments. Sans doute l'avais-je encouragé à n'écouter que sa raison. Dans cette colère, il est possible que sa mère exprimait son angoisse de perdre sur lui le contrôle si la vérité sur cette ancienne union s'avérait moins abominable que ce qu'elle lui avait toujours laissé croire.

Quelques semaines plus tard, nous sommes allés à sa rencontre. Notre venue était très attendue. Nous étions à peine garés que son père, accompagné de sa grand-mère, qu'il n'avait jamais connue, ainsi que de ses demi-frères et sœurs, est venu nous accueillir avec un enthousiasme palpable à notre sortie du véhicule. Il a pris son fils dans ses bras dans un sanglot de bonheur. Je ne pouvais pas croire que cet homme était aussi cruel qu'il m'avait été décrit. C'était évident : il aimait son fils. C'était bouleversant. Après toutes ces années passées sans pouvoir approcher son enfant, que pouvait-il ressentir ? Ses yeux reflétaient à la fois la joie et la tristesse. Les émotions déferlaient sur son visage, laissant entrevoir une histoire douloureuse. Le temps passé semblait lourd sur ses épaules, mais enfin, il avait la possibilité de retrouver son fils et de renouer ce lien qu'il avait perdu depuis si longtemps. Je me délectais de ce bonheur que j'avais provoqué. C'était comme si, en réunissant ces morceaux brisés de leurs passés, j'avais contribué à leur redonner une part de leur identité. Jouer à la petite fée m'emplissait d'allégresse et me rendait encore plus vivante. C'était un sentiment nouveau pour moi.

Finalement, c'était un homme plutôt équilibré et aimant avec sa femme et ses deux enfants. Lorsque nous avons abordé l'époque où il avait pris de la distance avec son fils, c'est avec émotion qu'il nous a raconté cette tragédie. Séparé de la mère de Marc, il se battait pour obtenir le droit de garde et de visite de son fils. Mais elle faisait preuve d'une imagination débordante pour lui barrer le chemin. Un jour, elle était allée jusqu'à faire constater par des gendarmes que, lorsque son père venait chercher son fils, celui-ci hurlait de panique à l'idée de repartir avec lui.

Marc était terrorisé à l'idée que son père le blesse avec un couteau (ou lui tranche la gorge), selon l'expression de sa mère, « une boutonnière ». Ces propos sont surprenants, mais la mère de Marc était prête à tout pour terroriser son fils… Jusqu'à lui donner des cauchemars.

Pour finir, les tribunaux ont conclu que son père renvoyait une image trop terrifiante et néfaste pour son psychisme. Ainsi perdait-il définitivement tout droit sur son fils. Désemparé, il a préféré disparaître. Tout cela l'avait plongé dans une période très sombre, le laissant désorienté, au bord de la dépression. Son ex-femme l'avait méticuleusement rabaissé, au point de le faire passer pour un monstre. Lui-même commençait à douter de sa propre valeur. Heureusement, sa nouvelle compagne avait contribué à lui faire retrouver goût à la vie, l'encourageant à se laisser aller, à ne plus être obsédé par cette histoire qui, de toute façon, ne pouvait plus être changée. Elle lui avait rappelé que le temps était son meilleur allié, même si les choses ne se résolvaient pas aussi rapidement que souhaité.

Avant de nous quitter, il avouera à Marc :

— Je ne pensais pas que ce serait aussi long pour te revoir !

Il aura fallu qu'il attende que son fils ait vingt et un ans pour le retrouver.

Toute cette histoire paraissait invraisemblable au vu de sa nouvelle vie, sans histoires et équilibrée. Ses enfants ne semblaient en aucun cas troublés ni persécutés. Pourquoi la mère de Marc avait-elle agi ainsi ? Quel secret gardait-elle ? Mais surtout, quel genre de femme était-elle vraiment ?

Ce jour-là, Marc prenait conscience de la véritable nature de sa mère. Il m'avouera avoir mieux compris pourquoi elle n'avait jamais cherché à refaire sa vie avec un autre homme. Il comprenait qu'à l'époque, elle avait eu un comportement anormal. Il constatait que son père avait réussi à reconstruire une vie paisible. En larmes, il me répétera sans relâche :

— Elle m'a empêché d'avoir cette vie de famille !

Malgré tout, il n'arrivera pas à lui en vouloir, car il ne souhaitait pas renier sa mère. Elle gardera sur lui une emprise, une influence que j'aurai l'occasion de constater plus tard.

Après cette visite chez le père de Marc, mon regard sur ma belle-mère n'était plus le même. Lorsque nous retournions chez elle, je scrutais un peu plus ses attitudes et son environnement. Je l'examinais. Peut-être avais-je été aveugle ? L'image qu'elle me donnait d'elle cachait peut-être une autre personnalité, une autre vérité.

Malgré tout cela, elle savait vous charmer, vous élever sur un piédestal. Régulièrement, elle me complimentait. J'avais la qualité d'avoir une fille, et en plus, je l'éduquais à l'ancienne. Je l'avais allaitée, je préparais des petits pots. Bref, j'étais une parfaite maman. Parfois, je me laissais bercer par ces éloges, me disant qu'elle ne pouvait pas être si mauvaise. Je m'en voulais, car après tout, je pensais qu'il ne fallait pas brosser un tableau trop sombre.

C'est vrai que chez elle, il y avait des croix partout, des Saintes Vierges, et, le plus étrange, c'était la présence de récipients d'eau bénite, pour chasser le mauvais sort, disait-elle. Et puis il y avait toutes ces poupées en porcelaine qui rendaient les lieux un peu plus glauques. On aurait cru l'antre d'un gourou. Depuis un moment, elle était flattée parce qu'elle avait remarqué que j'étais plus attentive à son discours, que je lui posais des tas de questions. Mais en vérité, je cherchais à la déchiffrer… Je commençais à comprendre qu'il y avait quelque chose d'anormal dans cette famille. Mais quoi, précisément ? Où avais-je encore mis les pieds ? En réalité, j'étais encore incapable de prendre du recul et de faire les bons choix. Impuissante, je ne savais pas fuir quand il était encore temps. Je fonçais tête baissée vers les difficultés. C'est ce manque de lucidité qui m'a menée tout droit en enfer.

10

Au bout de quelques mois de relation, nous concrétisons notre bonheur : je suis enceinte. La vérité est que cet heureux événement s'est produit involontairement. Notre couple était encore jeune, et nous voulions en profiter davantage. Quand cette grossesse avait commencé, j'étais sous contraception, et je n'avais pas immédiatement pris conscience de la situation. Marc n'avait pas encore trouvé un emploi stable, et de mon côté, je venais tout juste d'obtenir un diplôme en jeunesse et sport. J'avais récemment été embauchée en tant que directrice adjointe dans un centre de loisirs, avec la possibilité de passer un brevet de directrice. Une chance que j'ai dû mettre de côté, à la suite de cette circonstance providentielle que j'accueillais finalement avec un grand enthousiasme.

La mère de Marc, qui brûlait d'envie d'être grand-mère, est comblée de bonheur et cela semble renforcer mon intégration au sein de cette famille.

Jusque-là, je ne percevais pas encore le caractère problématique de l'illumination spirituelle de ma belle-mère. Ma grossesse va être l'occasion de m'en fournir la démonstration. Pour l'instant, je tolère tant que cela ne me nuit pas, et je préfère ne pas avoir d'histoires.

Ma belle-mère est persuadée d'être en possession du don de magnétiseur. Pour me convaincre, au début, elle me faisait son petit numéro : elle se frottait les mains, puis me demandait de la toucher afin de ressentir le rayonnement qui émanait d'elle. Elle soutient que la Sainte Vierge la protège, qu'elle est parfois en elle et lui parle. Elle est même persuadée qu'elle lui aurait fait don de certaines facultés surnaturelles. Après qu'elle m'avait raconté ses étranges histoires, je les partageais avec son fils à la maison. De temps en temps, lorsqu'il retrouvait sa mère, cela débouchait sur de petites taquineries amusantes.

Depuis que je suis enceinte, elle souhaite mettre à profit sa science occulte pour fortifier mon futur enfant dans son développement intra-utérin, mais surtout pour le protéger du mauvais sort dans sa future vie. Elle vient d'ouvrir une sorte de cabinet de « guérisseur » où des personnes en quête de réponses mystiques viennent chercher du réconfort. L'avantage pour ses clients, c'est que ses services ne sont pas onéreux car elle n'est pas encore déclarée. De mon côté, j'en profite pour recevoir des massages, ce qui me procure des moments de détente une ou deux fois par semaine.

Parfois, elle utilise tout un tas d'accessoires divinatoires, tels que des cartes ou des runes pour pratiquer la voyance. Je trouve cela de plus en plus stupide. Mais je me persuade qu'il arrivera un moment où elle s'essoufflera dans son délire mystique.

Je dois admettre qu'il m'est arrivé, un instant, de me laisser un peu convaincre par sa foi. Elle était si puissante. Elle avait une telle force de persuasion qu'à force d'arguments, on finit par céder. Lorsqu'elle croit me rallier à son idéologie, elle en profite pour élever le niveau avec ses boniments et ses pratiques. J'ai même eu droit à la démonstration du pendule au-dessus de mon ventre pour prédire le sexe du bébé. S'il tourne, c'est une fille, et, *a contrario*, s'il balance sur le côté, c'est un garçon. Et c'est avec certitude que son pendule prédit le sexe masculin. Mais après trois mois de grossesse, l'échographie prouve le contraire, ce sera une fille ! Secrètement, cela m'a fait bien rire, d'autant que, d'après ma belle-mère, sa technique était infaillible. Elle n'acceptait pas le verdict médical. C'est une évidence, la science occulte est supérieure à la science officielle…

Bref, je ne suis pas dupe : elle n'a aucun pouvoir.

Enfin arrive au monde ma petite Léa.

C'est précisément le jour où les grands-parents de Marc et ma belle-mère ont franchi le seuil de la porte de ma chambre d'hôpital que j'ai ressenti leur envahissement. Ils ont pris possession de ma fille.

Désormais, peu importait mon avis, j'avais le sentiment d'avoir été uniquement la génitrice de leur petite-fille. Leurs convictions fondamentales, au sujet de la religion et du mysticisme, doivent être la base éducative de ma fille. Ils ne manquent pas une occasion de me contredire et, ainsi, de propager leurs chimères. Chaque jour, je dois débattre avec eux. Peu à peu, ils me dépossèdent de mon statut de maman.

Par commodité, il arrivait régulièrement que ma belle-mère prenne en charge ma fille lorsque je travaillais. Souvent, selon ses dires, quand elle sortait avec sa petite-fille, des inconnus lui faisaient des compliments à propos de son joli bébé. Elle adorait raconter à quel point les gens la prenaient pour la mère de Léa, malgré son âge.

—Imaginez, les gens pensent que c'est mon enfant, à mon âge ! disait-elle, tout exaltée.

Elle m'exposait cela avec un malin plaisir et une grande fierté, ce qui avait le don de m'irriter. Il ne fallait surtout pas la contredire, car elle refusait catégoriquement d'admettre qu'elle était une grand-mère !

Cette euphorie autour de ma fille commençait à devenir étouffante. Il était très facile pour les grands-parents et la mère de Marc de s'immiscer constamment dans notre vie, d'autant que nous vivions au-dessus de chez eux. Pour retrouver un peu de tranquillité et réduire leurs ardeurs, nous avons pris la décision de déménager pour mettre de la distance entre nous. Cela a été le point de départ de la fissure grandissante entre eux et moi, d'autant qu'ils avaient du mal à accepter le soutien de leur bien-aimé fils à mon égard.

Les mois passent et Marc gagne en confiance dans notre couple. Pourtant, au début de notre relation, c'était plutôt moi qui prenais les devants dans tous les domaines. Sous mon influence, il a appris à être plus entreprenant et audacieux. Par exemple, après l'avoir encouragé à décrocher un poste d'aide-soignant dans une maison de retraite, j'ai réussi à le convaincre de suivre une formation pour devenir infirmier. En quelques mois, il a progressé professionnellement et gagné en confiance. Mais avant tout, sa timidité s'amenuise, l'aidant à s'épanouir sexuellement.

De plus en plus, pendant nos relations intimes, il me fait part de ses fantasmes. Cela revient trop souvent pour que je n'y prête pas une oreille attentive. J'ai encore trop en mémoire cette époque où mon ex, Arnaud, estimait que j'étais une femme coincée et peu ouverte d'esprit pour d'autres expériences sexuelles.

Je me dis que si cet homme, qui a connu peu d'expériences, me demande ces choses, c'est que cela doit être finalement la norme dans une relation amoureuse. Alors, je dois adopter le comportement d'une femme ordinaire. Être la parfaite partenaire au lit. Pour le bien-être de mon couple, j'ai le sentiment qu'il faut que je m'abandonne à ses envies. Surtout, j'ai peur de perdre son attirance pour moi. Je crains tellement de retomber dans les mêmes conflits qu'auparavant.

Son besoin de fantaisie est tel que je cède et, même si cela me déplaît, j'accepte de me rendre dans un club libertin en observatrice. En lui ouvrant cette porte, je voulais le rendre heureux, qu'il comprenne tout l'amour que je lui portais. Je souhaitais garder cette espèce d'osmose des débuts. Alors je prends l'initiative de trouver un lieu chic et convenable. Après quelques recherches sur Internet et des appels téléphoniques pour me renseigner, un lieu retient mon attention.

Pour me conformer aux règlements du lieu, et suivant les conseils d'amis qui le fréquentent, nous allons acheter une tenue sensuelle et très affriolante pour moi, tandis que mon compagnon pouvait rester en tenue sobre et élégante, avec une simple chemise et un pantalon. Avec le recul, je me dis que l'on ne peut pas affirmer que l'égalité des sexes était clairement définie au sein de ces boîtes libertines.

Le jour J, nous laissons les filles chez les grands-parents sans préciser évidemment où nous allons. Nous préférons que cela reste notre jardin secret, et surtout éviter les jugements. De toute manière, ils sont habitués à ce que nous allions faire la fête certains week-ends.

Sur la route, nous nous rassurons en imaginant le scénario de la soirée. Nous nous demandons ce que nous ferons si cela nous déplaît.

Lorsque nous arrivons sur le parking, je sens une boule dans mon estomac. Je pouvais encore faire demi-tour, rien ne m'y obligeait après tout. Fébrilement, je frappe à la porte de cette boîte de nuit très spéciale. Une femme excessivement dénudée nous accueille avec bienveillance. Grand sourire, tutoiement, tous les ingrédients sont réunis pour vous mettre à l'aise ; particulièrement quand vous êtes nouveau. Comme nous sommes novices, l'hôtesse nous accompagne et nous présente les lieux tout en nous donnant des consignes réconfortantes :

—Ici, vous n'êtes obligés à rien : la déontologie libertine, c'est avant tout le respect. Personne n'a le droit de vous toucher sans votre consentement, sinon avertissez-nous… Si vous avez besoin de quoi que ce soit, n'hésitez pas à venir nous voir. Profitez bien, je vous laisse découvrir maintenant.

Dans ce lieu tout est fait pour vous déconnecter du réel : personne ne juge ni ne méprise, il n'existe plus de barrière ni de catégorie sociale. Tout le monde est là pour passer un bon moment. Parfois, on y est aussi pour oublier le désespoir. C'est comme si vous entriez dans un univers parallèle. Comme par magie, la boule à facettes, avec ses étincellements dans la lumière obscure, vous transporte, et tout à coup, vous oubliez vos bonnes mœurs. Tout y est agréable et stimulant. Même si vous êtes intimidé, à un moment donné, il y a quelque chose d'euphorisant qui vous fait planer. À notre surprise, cela est bien plus facile de se laisser porter par cette ambiance que nous ne l'avions imaginé.

Certains espaces sont à l'abri des regards indiscrets tandis que d'autres sont justes clos d'un voile à peine transparent. C'est chic et d'une grande propreté. Le thème des musiques diffusées dans la boîte n'est pas le fait du hasard. Ici tout est charme, aussi bien dans la déco que dans l'ambiance. On vous adresse la parole en vous mettant à l'aise. Si vous êtes ouvert d'esprit, alors c'est facile de se laisser emporter par la sensualité. Mais surtout, vous oubliez que ce jeu, qui semble anodin à cet instant, n'est parfois pas sans conséquences pour l'avenir de certains couples…

Nous avons beaucoup discuté avec des habitués, dansé et bu quelques verres. C'était pour nous un jour d'initiation tout en pudeur. Nous n'y étions qu'en simples spectateurs. Deux heures plus tard, nous sommes rentrés chez nous, surpris et enchantés de cet univers.

Nous y sommes retournés, rapidement, Marc voulait cette fois que nous ne nous interdisions rien. Il voulait tenter cette expérience. Je n'aurais jamais dû, car c'était le début d'une emprise que je ne soupçonnais pas…

Bientôt, nous y allions une ou deux fois par mois.

De semaine en semaine, cela devient une habitude de fréquenter ces lieux. Je découvre Marc sous un autre aspect. Lorsque je l'ai connu, c'était un jeune homme extrêmement pudique, avec très peu d'expériences sentimentales et intimes. De fil en aiguille, il se montre sous un autre jour. Je découvre un homme déluré.

Dans ces soirées libertines, nous avons sympathisé avec un couple de notre âge. Avec cette femme, je m'amusais à danser à la manière du Crazy Horse pour épater la galerie. Par la suite, nous avons commencé à organiser, avec ces nouveaux amis, des soirées privées chez nous, car mon compagnon prenait plaisir à me regarder coucher avec un autre homme. Pour ma part, je n'y prenais aucun plaisir, avec le temps, cela me dégoûtait même de plus en plus, mais je savais que ce caprice lui procurait du bonheur. L'ennui, c'est que nous ne pouvions plus avoir de relations classiques de couple sans qu'il fasse allusion au libertinage. Trop accro à cette nouvelle forme de sexualité, il semblait ne plus prendre suffisamment plaisir à nos ébats qui lui semblaient désormais trop ordinaires. À la fin, il n'y avait plus place pour une simple relation de couple. Je ne lui suffisais plus. J'étais banale. Je taisais mon malaise, tandis que lui semblait être épanoui.

Bientôt, nous atteignons un tel degré de débordement que j'en deviens sa rabatteuse, sa racoleuse. Il ne se contente plus des boîtes libertines, cela déborde dans notre quotidien.

Si, dans la rue ou un magasin, une femme lui plaît, c'est à moi d'oser l'aborder pour entrevoir la possibilité d'un libertinage. Pour arriver à ses fins, je lui servais d'appât.

Ce qui devait au départ être un amusement pour pimenter notre relation s'est transformé en cauchemar.

Depuis ce premier jour en boîte libertine, il n'y a plus de limites, il n'y a plus de règles. Nous ne respectons plus notre couple. Nous avons tué notre intimité.

L'excès, la folie, le cap qu'il ne faut pas dépasser est franchi lorsque Marc me demande de séduire son meilleur ami pour coucher avec sa nouvelle conquête. Mon compagnon la voulait follement. Je n'avais pas conscience qu'il m'échangeait pour satisfaire ses fantasmes, je devenais une simple marchandise, un objet de troc.

L'ennui, c'est que, par la suite, son ami voulait me revoir en secret. Il s'était follement pris de passion pour moi, au point de vouloir quitter sa femme.

C'était la bêtise du siècle ! On ne fait jamais cela avec des amis trop proches. Nous ne savions même plus garder notre jardin secret. À tel point que notre style de vie s'est ébruité dans notre entourage. Je pense que la compagne de notre ami qui avait développé des sentiments pour moi a parlé par jalousie.

Depuis qu'il occupe son nouvel emploi d'infirmier, Marc est de moins en moins présent à la maison, d'autant qu'il a également pris un engagement comme pompier volontaire. Et lorsque nous nous voyons, ce n'est plus que pour une sexualité débridée ou des disputes. Je suis fatiguée, tout cela devient fou. Nous ne sommes plus un vrai couple.

Ce que je n'avais pas compris, c'était que je déraillais. En me laissant entraîner dans ce genre de relations avec Marc, je comprenais que je pouvais obtenir aisément qui je voulais. Je n'avais plus de limite. Mais en réalité, je perds de plus en plus le contrôle sur mon destin et je me laisse guider par de mauvais instincts. Quelque chose m'empêche de plus en plus de faire les bons choix et d'aller vers les bonnes personnes. Je suis impulsive dans mes décisions et mes émotions, incapable de prendre du recul. Je me précipite dans les bras des hommes qui me font miroiter le grand amour. Je suis incapable de vivre des relations amoureuses simples.

En fin de compte, j'ai un besoin désespéré d'être aimée pour ce que je suis. Je veux de la passion, des sentiments sincères, mais surtout de l'attention. J'ai besoin de tendresse. Je ne veux plus être un faire-valoir, et juste un objet de plaisir. J'ai besoin de vrais sentiments, d'une relation normale !

Je comprends que nous sommes à un point de non-retour, que notre couple est condamné.

Brisée, prête à tout pour trouver le bonheur, je prends la fuite. Rapidement, je trouve un petit boulot dans le supermarché du coin et je me laisse séduire par Arthur, le gérant.

Lors de mon entretien d'embauche, j'étais tombée sous le charme de cet homme aux grands yeux bleus qui avait un grand charisme, avec un don particulier pour vous séduire. Il savait vous éblouir. Alors je n'ai pas su résister. C'était facile, j'avais un tel besoin d'affection. Je voulais tellement que l'on m'aime, simplement. Sans attendre, dans cette folle envie d'y croire, je quitte Marc pour emménager chez cet homme.

Bouleversé, Marc semble ne pas comprendre les raisons de mon départ. Avec ses airs vulnérables, il me demande d'être prévenante avec lui, de ne pas le bousculer. J'ai presque de la peine, mais est-ce qu'il mesure ma détresse ? De toute façon, je n'ai pas l'intention de créer de conflits. Je ne souhaite pas l'éloigner de sa fille Léa. Désormais, j'habite à vingt-cinq minutes de chez lui. Alors nous trouvons un arrangement pour ne pas trop perturber notre fille dans sa scolarité. En février, nous nous entendons pour qu'il garde sa fille en semaine jusqu'en juin, ensuite elle vivra toute la semaine avec moi. Et, d'un commun accord, nous convenons que, par la suite, il la prendra un week-end sur deux et pendant les vacances scolaires.

Arrive fin juin. Un dimanche, les grands-parents de Marc viennent chercher Léa. Je leur fais savoir que les vacances scolaires ne vont pas tarder et que, dès juillet, nous allons entamer le cycle des gardes alternées, comme il était convenu.

À peine ai-je fait cette remarque que la grand-mère m'agresse sans ménagement. Dans leur idée, il n'était pas question qu'ils ne puissent plus voir leur petite-fille à leur convenance. Cette enfant leur appartenait. En représailles pour avoir humilié le petit-fils chéri, je pouvais tirer un trait sur mon droit de mère. J'étais jugée, ma sentence avait été prononcée. Je devais payer ce que j'avais fait subir à leur protégé. J'étais une traîtresse. J'avais trompé honteusement mon compagnon et abandonné le domicile familial.

Blessée dans mon amour-propre, j'ai craqué. En colère et humiliée, plus rien ne me retenait pour révéler à cette famille si pudibonde, la face cachée de leur petit prodige. Pour toute réponse, et pour justifier les agissements malsains de leur petit-fils, j'ai été décrite comme une personne nocive, une sorcière, qui avait envoûté le pauvre petit ange.

Marc s'est comporté en hypocrite. À mon insu, il avait profité de l'occasion pour domicilier notre fille en son propre nom auprès de la CAF. De plus, il avait fait constater que j'avais quitté le foyer et abandonné ma fille.

Il fallait m'achever. Début juillet, je suis convoquée à la gendarmerie pour m'expliquer au sujet d'éventuelles maltraitances et malveillances à l'encontre de ma fille. Il avait été constaté des bleus aux jambes et aux genoux. Quel enfant n'a jamais eu de petits bobos en étant parfois trop intrépide ? Comme ces accusations ne suffisaient pas, on ajoute que Léa aurait eu des malaises intestinaux à cause d'un bain donné dans une eau à mauvaise température.

Le plus insupportable est de m'entendre dire que ma fille raconte que je la bats. Peut-être dit-elle cela parce que je l'ai laissée seule avec son père et qu'elle se sentait abandonnée ?

Très embarrassée, j'arrive à m'expliquer, et finalement, il n'y aura pas de suite pour ces incriminations. Je sors de cette audition horrifiée, me demandant jusqu'où cela ira.

Quelques jours plus tard, à peine remise de la dernière audition, je suis convoquée à nouveau. Cette fois un médecin de ville constate des lésions vulvaires, dues probablement à des attouchements. L'histoire remonte au jour où j'ai déménagé en catimini avec l'aide d'un jeune homme prénommé Tristan qui est un employé du supermarché. En effet, Arthur mon nouveau compagnon, qui travaillait ce jour-là, m'avait envoyé sur recommandation cette personne serviable. Lorsque nous sommes arrivés dans l'appartement, la famille de Marc était présente et m'avait demandé d'un air soupçonneux qui était cet homme.

C'était la première fois que Léa apercevait ce jeune homme. Ensuite, elle l'a revu lorsque, un jour, elle m'a accompagnée dans un amphithéâtre. J'étais bénévole pour un spectacle médiéval, et aidais au son et lumière. Pendant ces trois heures, elle ne m'avait pas quittée, et elle aperçut à nouveau Tristan qui répétait pour la représentation du soir en tant qu'acteur. Hélas, elle relate qu'il l'aurait approchée et aurait eu des gestes déplacés.

Ce jeune homme avait un physique singulier, il était loin de correspondre aux normes conventionnelles de beauté. Il était facile d'en faire une cible en raison de son apparence atypique.

Quant aux lésions vulvaires : des ordonnances prouveront que ma fille était sujette à des épisodes chroniques de vulvite depuis l'âge de trois ans. Beaucoup de mamans savent de quoi je parle… cela sera classé sans suite.

Après quelques démarches administratives, j'obtiens mon droit légal de garde alternée. Mais, rapidement après cette victoire, je suis convoquée une troisième fois, pour « complicité et viol en réunion ». Des années après avoir été victime, je suis un criminel.

« La violence engendre la violence », proclament certains grands spécialistes.

11

Le cauchemar. Après quatre heures d'audition, je sors de la gendarmerie complètement abasourdie. Dans ma tête tournent en boucle deux mots auxquels je ne pensais plus jamais être confrontée : « complicité » et « viol » ! Je serais complice pour avoir laissé commettre un acte odieux envers ma fille Léa, âgée de trois ans et demi.

Les heures passées à être interrogée par les gendarmes ont été les plus longues heures de mon existence. La petite salle austère où je me trouvais prenait des allures de prison mentale. Je me perdais parfois dans mes pensées, cherchant désespérément des réponses, des explications à ce qui avait bien pu arriver. Les visages impassibles des enquêteurs ne laissaient transparaître aucune émotion, rendant cette épreuve encore plus oppressante. Chaque question, chaque réponse, chaque regard échangé devenaient chaque fois davantage une torture. Les silences étaient insupportables. Je m'accrochais à l'espoir que la vérité finirait par éclater, mais comment ? Et si tout cela était vrai ? Et si quelque chose m'avait échappé ? Je passais de la colère à la tristesse. Et pourquoi, subitement, aurais-je laissé faire ces choses horribles sur ma petite dernière, alors que je n'ai jamais eu à me défendre de ce genre d'allégations pour ma fille aînée ?

C'est impossible. Comment pourrais-je encourager un viol, en ayant été auparavant une victime ? D'après un gynécologue, ma fille a été déflorée, c'est formel. Rien que d'imaginer qu'un homme touche mon enfant ranime en moi des sensations douloureuses que je croyais enfouies au plus profond de mon être.

Je serais une mère irresponsable, incapable de protéger mon enfant. À mon tour, je reproduirais un schéma que beaucoup de spécialistes imaginent comme fortement probable. Ces théories simplistes fondées par des pseudo-intellectuels qui se glorifient de posséder une vérité ne reflètent pas ma réalité. Comment se faire entendre lorsqu'on vous met dans une case ? Comment vais-je me défaire de ces accusations ?

Toute cette histoire est complément folle. Je ressens un curieux sentiment, mélange de stupéfaction et de colère.

Les faits qui me sont reprochés remontent au jour où j'ai dû remplacer à la dernière minute un collègue. Précipitamment, et prise au dépourvue, sur les conseils de mon conjoint, j'ai déposé mes enfants chez les parents de Tristan. Je connaissais leur réputation, d'autant qu'ils avaient l'habitude de garder les enfants. Le viol se serait déroulé aussitôt après mon départ. Les parents auraient filmé, avec leur Caméscope, pendant que leur fils souillait Léa. J'aurais délibérément laissé ma fille entre les mains de ces pervers, par conséquent je suis complice.

Le plus redoutable argument d'accusation est le témoignage de ma fille. Sa déclaration m'a semblé incroyable ! Je suis consciente de sa précocité, et cela a dû, auprès des enquêteurs, étayer encore plus l'authenticité de ses arguments, car elle a fourni tant de précisions… En résumé, elle soutient que Tristan est venu lui toucher la « nénette » pendant que ses parents filmaient avec une caméra. Et qu'il lui aurait mis le « zizi dans la toutoune ». Pendant ce temps, sa sœur aînée dormait dans la chambre d'à côté.

Lors de la garde à vue, sur le coup de l'émotion, j'étais sonnée. Mais je n'ai pas cru longtemps à cet odieux scénario… Je refusais d'accuser ces pauvres gens. Je comprenais que, plus je contestais les faits, plus les gendarmes me considéraient comme complice. Pour eux, ce n'était pas naturel qu'une maman ne défende pas sa fille. Mais je ne pouvais pas accepter cette version. J'avais la conviction que ce n'était pas la vérité. Est-ce sa grand-mère paternelle qui a manipulé Léa ? Tout comme elle l'avait fait avec Marc lorsqu'il était enfant, en lui faisant craindre son père ?

J'aurais aimé être confrontée à ma fille, mais cela m'a été refusé.

Auparavant, j'avais dû répondre à deux autres plaintes : aucune accusation ne s'était avérée. À chaque fois, les preuves tombaient à l'eau. Ces allégations malsaines cherchaient à discréditer mon rôle de mère. C'était évident, ma chute ne pouvait que profiter à mon ex-belle-famille. À peine avais-je repris mon souffle que, au bout de quelques jours, j'étais convoquée à nouveau pour m'expliquer pour des faits infondés. Je vivais dans la peur, me demandant quelle serait la teneur de la prochaine plainte. Je me sentais prise dans un piège. Et cette fois-ci, je n'arrivais pas à me faire entendre. Je savais que ma crédibilité était fragilisée par mon passé.

Je plaçais beaucoup d'espoir dans le témoignage de mon aînée, Sandra. Alors, le jour où nous nous sommes rendues à la gendarmerie, en voiture, je lui ai répété en boucle de bien dire ce qu'elle avait entendu ou vu ce jour-là.

Lors de son audition, j'avais l'autorisation d'être présente à ses côtés. À la première question sur ce qui s'était passé après mon départ, elle a répondu vivement :

—Maman est partie, la dame nous a couchées dans la chambre ma sœur et moi, puis nous avons bien dormi. Mais Tristan ne nous a rien fait.

Ensuite, elle s'est tournée vers moi, fière d'elle :

—Hein, maman, c'est ça qu'il fallait dire ?

Les enquêteurs se sont regardés, interrompant les questions. C'était terminé. La façon dont ma fille avait répondu, en me prenant à témoin, donnait l'impression que je l'avais préparée à dire cette réponse. Cela n'avait pas l'air suffisamment spontané.

J'avais mis tellement de pression sur elle avant cet entretien, sans m'en rendre compte, que finalement ma fille avait voulu trop bien faire pour me faire plaisir.

Comment prouver mon intuition ? Ce que je sais, c'est que Tristan était présent lorsque j'ai déposé mes enfants chez ses parents. Mais il n'est pas resté longtemps chez eux, il devait retourner sur son lieu de travail, qui par ailleurs était le même que moi. Puis je suis revenue récupérer mes filles au bout de deux heures. Le timing n'est pas cohérent. Ce qui me perturbe, c'est la similitude avec l'affaire d'Outreau, qui défraye la chronique à cette époque. Curieusement, cette affaire comprend aussi une histoire de viols en bande organisée. Et si quelqu'un s'était inspiré opportunément de cette histoire ?

En fin d'audition, je reçois le dernier coup de massue en apprenant que la garde de ma fille m'est provisoirement suspendue. Elle est placée en famille d'accueil. Ni son père ni moi ne l'aurons vue ou jointe par téléphone de juillet à fin août. C'est seulement à l'issue de cette période qu'il m'a été consenti un droit de visite, alors qu'elle était retournée vivre chez son père.

Cette autorisation m'est accordée un dimanche sur deux, seulement durant une heure et sous surveillance, au sein d'un foyer à une heure de chez moi. Le premier dimanche où je vais rendre visite à ma fille, j'arrive en avance. Dans la voiture, en attendant l'heure, je suis en larmes. Je me sens perdue. Cette situation n'est pas normale. Mais il faut que je trouve la force d'être digne devant Léa. Et puis je me dis que ma fille possède un bout de vérité, j'ai donc espoir qu'elle me parle.

Je sors de mon véhicule et me retrouve face à face avec Marc, qui amène ma fille pour mon rendez-vous. Il prend un malin plaisir à m'ordonner de garder mes distances, affirmant que je n'ai pas le droit de parler à Léa tant que je ne suis pas dans la structure d'accueil. Je n'ai pas d'autre choix que de m'incliner, sous peine de sanctions, du moins d'après lui. Cet homme qui était si malléable, si timide, et que je pouvais raisonner au début de notre relation, est devenu oppressant et insupportable avec moi. Ce qui m'attriste et me rend folle de colère, c'est qu'il sait que sa mère est capable d'inventer des histoires dans son propre intérêt. Mais il s'en moque. L'important pour lui, c'est d'être le vainqueur dans notre différend. Il a la satisfaction de me punir pour l'avoir quitté. J'ai tenté de lui faire comprendre que ce n'est pas lui qui éduquera notre enfant, mais sa mère. En fin de compte, il restera toujours sous l'emprise de mon ex-belle-mère.

J'entre dans le foyer, un peu désorientée. Une employée me conduit dans une petite pièce où ma fille m'attend. Je la prends dans mes bras, je n'arrive pas à contenir mes larmes. Léa ne comprend pas cette effusion alors je me ressaisis et lui propose d'aller faire un tour dehors pour jouer à la balançoire. Une employée reste à quelques mètres de nous. J'ai l'impression d'être une bête sauvage. De retour dans cette petite pièce surveillée, je tente de retrouver de la complicité auprès de ma fille avec les jeux mis à notre disposition. Pendant ce temps, du coin de l'œil, je guette l'occasion d'une minute d'inattention de mon gardien pour aborder avec Léa le sujet qui me tient à cœur. Soudain, j'ai cette possibilité. Alors, furtivement je lui chuchote :

—Tu sais Léa, jamais maman ne te fera de mal. Tu peux tout me dire, je ne me fâcherai pas. Maman a besoin de savoir si quelqu'un t'a fait du mal, si Tristan t'a touchée ?

Je la sens gênée :

—Mais maman, faut pas que j'en parle…

J'insiste. Je dois savoir. Soudain quelques mots lui échappent :

—C'est mamie, elle m'a dit de dire des choses, mais je ne dois pas en parler…

J'insiste un peu plus. Elle me répond qu'il ne faut rien dire… puis elle pleure. Elle répète en boucle :

—Je ne veux plus en parler, je ne veux plus en parler !

Notre conversation prend une tournure dramatique et cela alerte la surveillante qui me demande ce qui se passe. Je m'exaspère, alors j'insiste pour que ma fille lui répète ce qu'elle m'a dit :

—Vas-y Léa, dis-lui ce que tu m'as dit, dis-lui…

Mais la scène tourne à la catastrophe et l'employée me réprimande : si je continue à agir de cette façon, elle me menace de me faire perdre mon droit de visite. J'ai ordre de me taire et de reprendre mes esprits. C'est humiliant. Pourtant, j'ai la certitude que l'on manipule mon enfant, que tout cela est une machination. Lorsque je quitte le foyer, j'ai l'impression d'abandonner ma fille entre de mauvaises mains.

Toute cette histoire me rend folle. Lorsque j'étais petite fille et que je subissais les viols, je finissais par me résigner. Là, je ressens de la colère. On m'enlève mon enfant, on brise ma réputation. Tout s'effondre ! Pour la première fois de ma vie, j'ai des idées suicidaires ! Je suis rongée à l'idée d'imaginer la possibilité que ma fille a vraiment été déflorée. Et si j'avais tort ?

Un jour, complètement désespérée, je vais rendre visite à mon amie Samira. Peu enthousiaste avec moi, elle m'explique que la mère et la grand-mère de Marc étalent sur la place publique la rumeur de mon affaire. Elles incitent leur petite-fille à témoigner de son calvaire auprès des commerçants et connaissances : « Vas-y Léa, raconte ce que t'ont fait Tristan et ta maman… » C'est dingue et cela ne peut que provoquer un malaise chez ma fille. Normalement, l'image que nous avons de nos grands-parents, c'est qu'ils sont là pour nous transmettre de l'affection, des valeurs, et beaucoup de souvenirs impérissables. Et, surtout, qu'ils sont présents pour protéger leurs petits-enfants en cas de tempête chez leurs parents. En l'exposant publiquement, de quoi la préserve-t-on ? On ne fait que lui apporter de l'angoisse. Je suis certaine qu'ils manipulent ma fille pour qu'elle me rejette, pour briser les liens. Cette situation me déchire et je ne comprends pas comment une personne peut agir ainsi.

Comme si cela ne suffisait pas, j'apprends que les grands-mères surenchérissent en me décrivant comme une personne violente et hystérique qui enferme parfois ses filles dans le placard. Ma fille aînée, Sandra, n'a jamais eu de souvenir de ce genre de maltraitance.

La rumeur se répand dans toute la région et, fatalement, cela finit par avoir un impact dans beaucoup d'esprits. Même ma prétendue amie ne m'accorde plus son soutien :

— Tu comprends, ce que racontent Léa et les grands-mères, ça tient quand même debout. Tu peux te mettre à ma place, je peux avoir des doutes. Tu ne te rends pas compte, mais c'est peut-être toi qui as tort…

Que répondre à cela ? Je suis seule, à bout d'arguments.

Un an plus tard, la justice accorde la garde exclusive de notre fille à Marc. Pour le juge, elle sera dans un environnement sécurisant. Pour seule consolation, il m'est consenti une garde un dimanche sur deux, de dix heures à dix-huit heures. Depuis le début de cette affaire, ma vie est rythmée entre les allers et retours chez mon avocat et les auditions.

Je suis à bout de forces, abandonnée par tout le monde. Je ne peux même pas m'appuyer sur mes parents, ce n'est pas leur problème – comme toujours en définitive. Je résiste du mieux que je peux depuis un certain temps, je me bats, mais je sombre inexorablement. Je me retrouve de plus en plus isolée, prise au piège de mes préoccupations. Tout le monde me fuit, comme si mes ennuis étaient contagieux.

Par moments, je suis tentée de penser que, depuis que mon oncle m'a entraînée en enfer, je suis condamnée à ne jamais en échapper. J'ai le sentiment que, depuis mon enfance, mon existence sur terre n'est que souffrance. Que je ne pourrai jamais mener une vie ordinaire comme tout le monde. Pour la première fois de ma vie, je sombre dans la dépression, le vide me consume doucement.

Alors il y a ce jour où tout a basculé en un instant : j'ai perdu foi en la vie, je voulais en finir. En proie à une crise d'émotion intense et dans un état de rage et de désespoir, j'ai enfourché ma moto et je suis partie sur les routes à toute allure. Puis, sur une longue ligne droite interminable, j'ai poussé mon deux-roues à la vitesse folle de deux cent cinquante kilomètres-heure. Je me suis jurée que ce serait la fin, que j'allais sortir d'un virage et me fracasser sur un mur ou contre un véhicule !... Puis tout à coup, les visages de mes deux filles me sont apparus. Elles étaient ma raison de vivre. Pour elles, je devais me battre, ne pas abandonner. Un jour, la vérité éclaterait à la lumière.

Il faudra attendre un an et demi après le début de cette affaire pour qu'un gynécologue mandaté par la justice établisse que ma fille n'a jamais été déflorée !

12

C'était formel, ma fille n'avait pas été déflorée ! Même si je rejetais haut et fort cette hypothèse, en secret je craignais que cela soit réel. Par moments, je doutais : et si j'avais eu une mauvaise intuition ?... Désormais, j'étais libérée de cette abominable idée qui m'obsédait au point de me rendre folle.

Quel genre de médecin faut-il être pour certifier sur l'honneur une telle abomination ? Je ne peux pas croire que cela soit le témoignage d'une incompétence professionnelle ! J'ai la conviction que c'est le fruit d'un complot. Cet homme qui a prêté le serment d'Hippocrate n'honore pas sa corporation. C'est immoral et infâme. Ce qui me scandalise encore plus, c'est de constater que ce charlatan n'a été incommodé ni par le Conseil de l'ordre des médecins ni par les autorités judiciaires. Il a continué à exercer en toute impunité sans jamais se soucier de tout le mal que cela m'a fait.

J'aurais pu envisager de porter plainte pour préjudice moral et incompétence. Mais j'étais tellement affectée moralement que j'ai rapidement abandonné cette idée. De plus, j'étais dans une situation financière précaire et il aurait été long et coûteux d'obtenir réparation. Il faut croire que la justice n'est pas la même pour tout le monde.

Toutes les prétendues preuves matérielles ont été discréditées : la caméra était inexistante, par conséquent aucun support vidéo de la scène n'a été trouvé. L'analyse des disques durs des ordinateurs des supposés protagonistes du viol ne contenait aucun fichier à caractère pédophile. Rien n'apportait le moindre indice prouvant une activité de délinquant sexuel. Il faut ajouter que le jour où auraient eu lieu ces prétendus méfaits, une vidéosurveillance démontrait que Tristan était sur son lieu de travail peu de temps après que j'étais partie. Cela lui aurait laissé peu de marge pour agir…

Heureusement, lui et ses parents n'avaient aucun antécédent judiciaire. Sinon ces soupçons auraient pesé encore plus lourd lors de l'enquête. C'était une famille sans histoires, tout ce qu'il y a de plus normale. Ces pauvres gens ont été victimes de personnes immorales, prêtes à tout pour parvenir à leurs fins, quitte à briser des vies. Au début de l'instruction, j'étais allée à leur rencontre pour comprendre ce qui avait bien pu se passer. J'ai trouvé des personnes sous le choc, humiliées et déshonorées. Après avoir été disculpés, qu'allait-il rester de leur intégrité sociale ? Comment allaient-ils se débarrasser de ces rumeurs ? Ils allaient devoir porter une étiquette de délinquants sexuels partout où ils iraient. Et ils n'étaient pas près de s'en débarrasser. Je peux me mettre à leur place : c'est pour cela que depuis cette époque, je ne peux plus supporter d'entendre ce proverbe simpliste : « Il n'y a pas de fumée sans feu. »

On avait fait d'eux des martyrs. C'était peut-être la fin de leur cauchemar, mais ils avaient été salis. Par la suite, ils refuseront de me revoir, ce que je peux comprendre.

Pour ma part, vis-à-vis de la justice, le soulagement n'a pas duré longtemps. J'avais affaire à des psychologues qui ne voulaient pas se contredire : leurs expertises étaient forcément infaillibles. Malgré l'inexistence de preuves matérielles et corporelles, Léa avait obligatoirement vécu un traumatisme. Son témoignage était l'expression d'un malaise. À aucun moment le juge d'instruction ne s'est préoccupé de l'environnement de ma belle-famille. En toute logique, j'étais le centre du problème. Je ne pouvais pas échapper aux statistiques. Selon certaines études, « un certain nombre restreint mais significatif de victimes d'abus sexuel deviendront à leur tour auteurs d'agressions sexuelles à l'égard d'enfants ». Bien entendu, il existe de nombreuses séquelles des abus à l'âge adulte : dépression, violences, addictions… mais il ne faut pas noircir le tableau. Toutes ces théories ne reflètent pas la réalité, beaucoup de victimes arrivent à surmonter leur traumatisme. Comment peut-on décider de l'avenir d'une personne en se basant uniquement sur des théories ?

C'était injuste, je ne pouvais pas admettre que l'on me mette dans une case alors qu'il suffisait de me soumettre à une expertise psychologique. Ce qui m'a certainement porté préjudice, c'est mon comportement. J'ai donné l'image d'un tempérament impulsif et colérique. J'avais le sentiment d'être piégée, impuissante face à quelque chose contre quoi je ne pouvais me faire entendre. En raison de mon traumatisme avec mon oncle, j'ai pendant longtemps eu des problèmes pour gérer mes émotions. Cela s'exprime intensément lorsque je perds le contrôle. C'est quelque chose que j'ai dû apprendre à gérer par moi-même avec le temps.

Ainsi le juge aux affaires familiales ne m'autorisait toujours pas la garde exclusive de ma fille. Je conservais uniquement un droit de visite de quelques heures chaque semaine. Être privée injustement de mon rôle de mère était humiliant. Depuis le début de cette affaire, j'étais considérée comme une déséquilibrée, je ne pouvais pas être une maman normale. J'étais impuissante face à un système qui décide impérieusement de votre destin. C'était comme si je n'étais plus légitimement la maman de mon enfant, tout juste la génitrice.

Ce qui me désolait encore plus, c'était de constater la perte de considération que m'accordait ma fille au fur et à mesure que je la voyais. Avec le peu de temps qui m'était attribué pour les visites, les « au revoir » ne tourmentaient pas Léa. C'était comme si cette situation devenait banale, j'avais l'impression de ne plus être essentielle à sa vie. Un peu comme si je devenais une simple copine. Elle ne me percevait plus comme une maman. C'est très douloureux, de perdre l'affection filiale. Notre lien était rompu. Mes appréhensions s'étaient confirmées : sa grand-mère avait réussi à prendre ma place, elle m'avait dépossédée de mon enfant.

Finalement, je n'avais été qu'une mère porteuse au profit de mon ex-belle-mère. Je lui avais livré cette fille qu'elle désirait tant. Le peu d'attention que m'accordait Léa n'était pas de son fait et, malgré ma douleur, je ne pouvais pas lui en vouloir. Elle aussi était une victime.

En dépit des conseils de mon avocat, je décide d'abandonner le combat pour obtenir la garde exclusive de ma fille. J'ai compris que, face à cette impitoyable famille qui ne cessait de m'accabler, je risquais de subir sans fin des allégations ignobles. J'étais fatiguée d'être persécutée. Ma priorité absolue était de protéger ma fille, en espérant qu'un jour elle comprendrait. Il m'est arrivé pendant un temps de ressentir le désir de leur infliger autant de douleur en retour, de me venger à la hauteur de leur monstruosité. Mais en toute clarté d'esprit, j'aurais été celle qui aurait perdu.

Peu de temps après que l'on apprenne que Léa n'avait pas été déflorée, Arthur m'a quittée. Comme si je ne souffrais pas assez, j'avais découvert ses tromperies. C'était un homme en quête perpétuelle de conquêtes, assoiffé de séduction, incapable de trouver la stabilité dans une relation de couple. Il m'avait notamment caché qu'il entretenait une relation avec une caissière du supermarché, bien avant que nous nous mettions ensemble. Je l'avais même surpris un jour dans notre lit conjugal en plein ébat avec un transsexuel.

De toute manière, il ne tolérait pas d'avoir été impliqué dans mon affaire, particulièrement après avoir été convoqué pour témoigner. Il ne supportait plus cette pression. Mais surtout, il n'a pas su résister à la rumeur qui était trop tenace. Il appréhendait de plus en plus que notre relation lui nuise. Sa réputation comptait plus que moi. Décidément, je ne saurai jamais trouver un homme convenable.

Avec toutes ces péripéties il était vital de préserver, psychologiquement et matériellement, Sandra, ma fille aînée. De plus, ma situation financière était devenue précaire. J'ai donc fait le choix douloureux, mais raisonnable, de la mettre à l'abri chez son père, Paul, qui habitait au Luxembourg. À chaque période de vacances, il avait la gentillesse de me l'amener.

Puis j'ai rencontré Raphaël. La moto a facilité notre rencontre. Un jour, alors que je me garais à côté d'un autre deux-roues devant le restaurant qu'il dirigeait, je suis entrée seule. Il s'est dirigé à la hâte vers moi, une expression d'étonnement sur le visage. Et, sur un ton empressé, il m'a demandé :

—Ce 1 000 cm^3 vous appartient ?

Il semblait surpris de voir une femme toute menue, loin de l'image stéréotypée d'un motard chevauchant un tel engin.

Puis nous nous sommes revus à plusieurs reprises, il traversait une période de relations compliquées avec son ex-compagne. Il y avait une évidence entre nous deux. Nous étions deux âmes en quête de réconfort.

Cet homme avait eu l'intelligence de bien analyser la situation dans laquelle je vivais. Mais surtout, il avait les épaules pour me soutenir dans ce combat. Il m'a apporté de la sérénité. J'apprenais à vivre dans la stabilité d'un couple classique. Je découvrais le vrai amour. Malgré mon histoire qui faisait des vagues dans la région, lui ne me jugeait pas. Pour la première fois de ma vie, j'étais follement amoureuse. Sûrs de nos sentiments, nous nous sommes mariés et nous avons concrétisé notre bonheur en concevant notre enfant qui se prénomme Emma. Pour la première fois depuis longtemps, je retrouvais le goût d'une vie normale.

Peu de temps avant l'épilogue du non-lieu, je pensais être empêtrée dans cette affaire pour encore longtemps. Marc et sa famille me poursuivaient sans cesse, dénonçant les pires horreurs. Ils faisaient tout leur possible pour me diaboliser. Chaque fois, c'était un calvaire pour me dépêtrer de ces stupides accusations.

Étrangement, personne ne remettait en cause Marc ; après tout, il aurait pu être complice de ces maltraitances ? Peu de temps avant la fin de cette affaire, une curieuse enquête de voisinage a eu lieu. On me suspectait de secouer ma fille la nuit tout en hurlant. Jusqu'à ses deux ans et demi, ma fille Emma était très agitée la nuit, les murs n'étaient pas très épais alors il n'était pas difficile de raconter n'importe quoi…

Je découvrirai plus tard que c'était mon ex-compagnon qui avait poussé ces personnes à raconter que je menaçais de tuer ma fille certains soirs.

Pour être honnête, lorsque mon avocat m'a annoncé le non-lieu, je n'ai pas compris ce que cela voulait dire précisément. En vérité, que cache exactement ce terme juridique ? Tout simplement que le juge d'instruction abandonne une action judiciaire, il n'y a donc pas de procès faute de charges suffisamment caractérisées contre moi. Dans les faits, je suis tranquille avec la justice. Je suis innocente. Mais en définitive, je ne retrouverai plus jamais une vie normale auprès de ma fille Léa. Le doute subsistera. Léa sera éduquée au sein de mon ex-belle-famille et dans le mensonge.

Ma bataille juridique pour simplement obtenir la garde de ma fille a duré quatre ans. Durant toutes ces années, elle a subi de multitudes expertises et contre-expertises. D'après le juge aux affaires familiales, je ne disposais pas de suffisamment de preuves concrètes pour établir que ma fille aurait une vie équilibrée si elle devait demeurer avec moi. Selon les rapports d'expertise, il semblait possible que je puisse mettre en péril sa sécurité. C'était à n'y rien comprendre : j'étais lavée de tout soupçon, mais je devais prouver que j'étais saine d'esprit. Que je n'étais pas toxique pour ma fille.

13

Je n'ai plus la force de me battre, et quoi qu'il en soit je serai toujours perdante. Le pire, c'est qu'à chaque fois que je me défends, en contrepartie, cela ternit mon image. Quel souvenir laisserai-je à ma fille ? Je n'ai pas le choix, il est maintenant vital pour ma santé que j'accepte cette situation, que j'apprenne à vivre autrement. Il faut que je tourne cette page de ma vie pour avancer. J'ai le bonheur d'avoir épousé un homme qui sait m'aimer et me respecter. Nous avons une jolie fille. Progressivement, je retrouve une stabilité morale et matérielle. Seule ombre à ce bonheur : ma fille Sandra. Je ne supporte plus de la voir entre deux courants d'air. Raphaël pense comme moi :

—Ce serait bien qu'elle puisse vivre auprès de sa petite sœur, nous aurions une vraie fratrie.

Ma fille aînée vit à mille kilomètres de notre lieu d'habitation, au Luxembourg. Bien que les deux enfants se voient pendant quelques vacances ou week-ends, cela risque de ne pas bâtir un lien fraternel suffisamment fort. Je souhaite de tout mon cœur que mes filles puissent créer des souvenirs précieux ensemble. Je veux les voir grandir en ayant des histoires à se raconter, des aventures à se remémorer et des complicités à chérir.

Après avoir mûrement médité, le retour de ma fille dans ma nouvelle vie me semble nécessaire. Je profite donc des vacances d'été, l'année de ses neuf ans, pour aborder le sujet avec elle. Je tente de comprendre son état d'esprit, sans pour autant lui garantir qu'elle reviendra définitivement auprès de moi. Ses réponses à mes questions me donnent de l'espoir ; elle ne semble pas opposée à l'idée de revenir vivre avec moi. Après tout, plusieurs années se sont écoulées, et elle pourrait désormais ne plus vouloir quitter son père.

Je contacte Paul et lui fais part de mes sentiments. Alors que nous étions convenus, il y a quatre ans, de son retour dans mon quotidien, il refuse catégoriquement. Après toutes ces années, il se sent incapable de briser les souvenirs et les liens avec sa fille. À présent sa vie est chez lui. Il ne veut plus la déraciner. De plus, il me reproche de l'avoir influencée, affirmant qu'en réalité, elle ne souhaite pas partir. Est-ce qu'elle n'a pas voulu vexer son père, ou bien a-t-elle changé d'avis ? C'est compliqué pour une enfant d'être prise en étau entre deux parents désireux d'obtenir sa garde exclusive. Nous abordons la situation avec un regard d'adultes, chacun de notre côté, espérant entendre ce qui nous ferait plaisir.

J'explose de colère. C'était la dernière personne dont j'aurais pensé mettre la parole en doute. Lorsque j'ai préféré qu'elle aille chez son père, c'était pour protéger notre fille, l'éloigner de toute cette histoire. J'avais peur de finir en prison.

J'ai le sentiment que le destin s'acharne injustement contre moi. Paul ne comprend pas mon indignation. J'aimerais me faire entendre, mais il n'y a pas moyen. Dans mon emportement, je le menace d'une sévère procédure.

Il réagit vivement lorsque j'évoque la possibilité d'une action en justice. En réponse, il me rappelle les règles du procès-verbal que nous avions établi à l'époque où nous avions fait les démarches devant le juge aux affaires familiales pour sa garde. Désormais, je dois impérativement venir la chercher devant la porte de son domicile le vendredi à huit heures et la ramener à la même heure le dimanche. Il n'est plus question qu'elle vienne en train accompagnée d'un animateur de la SNCF.

Chacun campe sur ses positions. À partir de cet instant, il n'y a plus de dialogue possible. Je sors tout juste d'une bataille juridique éreintante, à nouveau je vais devoir me battre pour récupérer ma fille. Est-ce nécessaire ?

Avec le recul, je comprends mieux la raison de son refus. À l'époque où je venais à peine de rencontrer

Raphaël, j'étais empêtrée dans cette funeste instruction pour viol. J'étais désespérée et effrayée quant à l'issue de cette affaire. Perdue, j'étais incapable d'anticiper mon avenir, je n'arrivais plus à prendre la moindre décision de façon posée. J'avais besoin de me recentrer. D'ailleurs, n'avais-je toujours pas été paumée depuis mon enfance ? Ma fille Sandra me manquait terriblement. Alors je suis allée passer trois jours au Luxembourg. J'avais pris une chambre d'hôtel pour ne pas trop empiéter sur le quotidien de Paul et de ma fille.

Lorsque je suis arrivée chez mon ex-compagnon, j'ai tout de suite été fascinée par l'agréable atmosphère du foyer. Paul était ravi de me présenter son magasin de produits régionaux et ses habitudes dans les lieux qu'il affectionnait. Tout cela m'apparaissait comme tellement doux et rassurant. Il déployait tout son possible pour que je comprenne qu'il y avait toujours une place pour moi dans sa vie. Il tentait de me convaincre qu'à ses côtés, je serais plus forte pour obtenir la garde de Léa et retrouver ma dignité. Sa situation personnelle et professionnelle était un atout pour influencer un juge. Dans mon esprit, tous ses arguments me séduisaient : « Et s'il était raisonnable de renouer notre relation ? » Je lui ai laissé entrevoir qu'il n'était pas exclu que je revienne.

Le séjour terminé, sur le quai de la gare, avant que je monte dans le train, il m'a fougueusement attrapée dans ses bras et a tenté de m'embrasser. J'ai failli céder, mais je ne l'ai pas fait. Je l'ai laissé, l'air dépité et interrogatif. Mais avec le parfum de l'espoir. De retour chez moi, j'ai pris conscience que je ne retrouverais pas le bonheur auprès de lui. Il aurait fallu que je sois encore très amoureuse. Notre histoire appartenait au passé. Avec Raphaël, j'avais fait le choix du cœur et de la raison ; en le rencontrant, j'étais devenue une autre femme avec d'autres aspirations.

L'espoir avorté de me retrouver dans sa vie a froissé Paul. Il va me le faire payer. Pourtant, pendant ces quatre longues années, il ne m'avait jamais accusée de quoi que ce soit. Il était resté impartial. Nous avions du respect l'un pour l'autre. Nous appliquions les règles de garde à l'amiable. Mais depuis notre dernière conversation houleuse, tout a changé : désormais, ce sera à moi de me débrouiller si je veux voir ma fille pendant les vacances.

Un an passe et Raphaël obtient un poste de directeur au sein d'une chaîne de restaurants, près du Puy-en-Velay. C'est l'occasion de quitter Draguignan. Nous vivrons en paix loin des racontars : car même l'ex-femme de mon mari commence à croire aux rumeurs. Un jour où j'allais récupérer la fille de mon compagnon, âgée de huit ans, à la sortie de l'école, sa mère a saisi l'occasion pour me signifier que, désormais, elle souhaitait que la pension alimentaire soit versée par virement plutôt que par chèque. Comme nous étions en désaccord, et que la conversation devenait houleuse, elle m'a attaquée gratuitement, sans lien avec le sujet : « Moi, au moins, j'ai ma fille ! » en faisant référence à mes deux aînées. Cette réaction m'a profondément bouleversée. Il était temps de quitter cette région.

Un an après la prise de poste de mon mari, c'est le dépôt de bilan. La direction lui laisse le choix entre une mutation ou une petite indemnité. C'est ainsi que nous acquérons une petite pizzeria pour une bouchée de pain. Un mois après l'ouverture de notre petite affaire, je mets au monde mon fils Josselin.

Depuis que nous habitions Le Puy-en-Velay, nous nous étions rapprochés du Luxembourg. Mais il y avait tout de même encore huit heures de route. En deux jours, je devais effectuer l'aller-retour en parcourant mille six cents kilomètres en seize heures. C'était épuisant. Le restaurant était ouvert toute la semaine, nous n'avions pas encore de salariés et nous ne pouvions pas nous permettre de fermer une seule journée. D'autant que nous nous étions endettés pour acquérir notre affaire. Paul n'ignorait pas notre situation précaire, mais il restait tout de même sur ses positions. Il n'y avait plus d'empathie. Nous étions piégés. Il savait parfaitement que, pour demander la garde exclusive de ma fille, il fallait établir les démarches depuis son pays de résidence. Cela aurait été donc trop compliqué…

Sandra était perdue et ne pouvait pas comprendre les histoires de grands. Pour maintenir le contact, je l'appelais régulièrement. Elle ne comprenait pas pourquoi je ne venais pas la chercher. Elle me faisait remarquer que j'avais toujours une excuse valable.

Un jour, elle avait douze ans, elle m'a exprimé son mal-être au téléphone. Elle pensait être exclue, et que seuls Josselin et Emma comptaient pour moi. Elle imaginait que je ne me préoccupais plus d'elle. En colère, elle a raccroché. Plus jamais elle n'a voulu me parler. J'ai insisté auprès de Paul pour qu'il puisse convaincre notre fille de renouer le dialogue, en vain. Exaspérée par mon insistance, sa nouvelle compagne s'est mêlée de nos histoires :

—Sandra ne veut plus vous parler. À un moment, il va falloir prendre vos responsabilités et que vous assumiez les erreurs que vous avez commises. Et si vous ne voulez pas faire l'effort, tant pis pour vous. C'est que vous n'êtes pas digne d'être mère ! Moi, je vais la protéger !

C'était le coup de grâce. J'étais encore plus blessée de m'entendre dire ces paroles par la conjointe de mon ex-compagnon. Je me suis effondrée en larmes, impuissante.

J'étais épuisée moralement, et il était temps maintenant que j'admette qu'il serait impossible de retrouver ma vie passée avec mes filles. Que je ne pourrais plus pleinement assurer mon rôle de maman.

C'est pourquoi mon compagnon m'a ramenée à la raison : je devais laisser le temps faire son œuvre, tourner la page, et, en attendant, rester forte pour mes deux plus jeunes enfants. Il m'a encouragée à reprendre le contrôle de ma vie, à me préserver et à ne plus gaspiller mon énergie en vain.

Depuis que nous avions quitté le Sud, mon frère Loïc en profitait parfois pour venir me voir certains week-ends. Nous n'habitions plus qu'à trois cents kilomètres. Il a toujours été loyal avec moi. Un jour, tout gêné, il m'a avoué les manigances de mes parents :

— Il faut que je te dise, Iris. Depuis des mois, Sandra vient en vacances chez nos parents. Et parfois, Marc amène Léa.

J'ai demandé des explications à ma mère. Elle m'a répondu que peu importait ce que mon ex-compagnon et sa famille m'avaient fait subir, la seule chose qui comptait pour elle, c'était de voir ses petites-filles. Mes propres parents refusaient de coopérer pour faciliter mes rencontres avec mes filles. J'étais affligée. Une fois de plus, j'avais le sentiment d'être bafouée. Mes parents ne se préoccupaient pas de ma détresse. Je me sentais trahie. C'était égoïste. Comment pouvaient-ils accueillir chez eux Marc ? Cet homme et sa famille avaient failli m'envoyer en prison !

En définitive, jamais je ne représenterai grand-chose à leurs yeux. Je resterai toujours une personne insignifiante, un boulet. Ils n'ont pas su me protéger enfant, aujourd'hui, ils ne sont pas plus protecteurs.

Cette fourberie était insupportable. Consternée, j'ai ressenti le besoin de leur exprimer le fond de ma pensée par écrit. En fureur, j'ai rédigé une lettre, et mes mots ont jailli dans un torrent de larmes. Naturellement, ma mère s'est empressée de montrer cette lettre à la fratrie. À partir de cet instant, certains de mes frères et sœurs se sont fâchés avec moi et m'ont exclue de la famille. Ils n'ont pas su lire entre les lignes, n'ont pas cherché à comprendre ma détresse. Je voulais juste ma place, simplement être leur enfant. Quels adultes auraient-ils été s'ils avaient été la proie de mon oncle ? Savent-ils combien il faut lutter pour surmonter un tel traumatisme ? Ont-ils déjà essayé de se mettre à ma place ne serait-ce qu'une fois ?

Aujourd'hui, j'avoue avoir été maladroite. La colère est mauvaise conseillère. En retour, ma mère m'a répondu ces mots :

— Si j'avais su que j'allais procréer une salope, alors j'aurais avorté !

Jamais je n'arriverai à me faire comprendre. Est-ce qu'il aurait fallu que je m'excuse d'avoir été violée par mon oncle ? Pourtant, ce sont mes parents qui m'ont menée droit en enfer.

Malgré l'issue défavorable pour obtenir la garde exclusive de Léa, restait une dernière chose : reconquérir l'affection de ma fille. Si je devais accepter qu'elle ne reviendrait jamais vivre auprès de moi, je souhaitais simplement pouvoir la voir quelques jours de temps à autre. Ce qui me permettrait de reprendre mon rôle de maman. Depuis que nous habitions au Puy-en-Velay, près de quatre cents kilomètres nous séparaient. Il était donc devenu impossible que je puisse la voir. Car seules des visites le mercredi et le dimanche entre dix heures et dix-huit heures m'avaient été accordées. J'ai donc dû entamer une énième procédure pour obtenir un droit de visite et d'hébergement.

Les mois passent, et ma fille Emma a déjà un an et demi. Elle ne connaît toujours pas sa sœur aînée, mais elle est consciente de son existence. Il est essentiel pour moi qu'elle puisse au moins rencontrer l'une de ses sœurs. Puis un jour, chose inespérée, je reçois un inspecteur de la DASS pour évaluer mon mode de vie. Il reste deux longues heures, et j'ai l'impression de passer un examen pour obtenir un diplôme, un genre de « certificat de mère » !

Ce jour-là, j'avais l'impression de jouer mon existence même, c'était ma dernière lueur d'espoir, car je savais qu'après, tout serait irrémédiablement perdu.

Il m'a fallu attendre de longs mois pour connaître le résultat à cet « examen », puis, un jour, j'ai reçu un avis favorable par la poste. Léa avait presque dix ans, et cela faisait six longues années que je ne l'avais pas revue. Enfin, je voyais la lumière au bout du tunnel, je pouvais à nouveau la recevoir sous mon toit, retrouvant le droit d'être une maman normale. Il aura fallu attendre tout ce temps pour qu'un juge aux affaires familiales reconnaisse enfin que j'étais inoffensive et équilibrée.

Mais voilà : ma fille refuse de me voir. Je suis devenue une étrangère à ses yeux. J'ai sans doute aussi été diabolisée auprès d'elle, si bien que je ne peux pas insister. Je sais que je vais devoir encore patienter.

Il me faudra attendre encore quatre longues années avant de la retrouver enfin. C'est curieux, mais à cette époque, Marc accepte à nouveau la possibilité de dialoguer. Peut-être a-t-il quelques moments de remords. Je pense que cela a facilité mes retrouvailles avec Léa. D'ailleurs, je profiterai de l'occasion pour lui demander s'il n'a pas l'impression d'avoir joué un mauvais rôle dans tout ça. Il me répondra de façon évasive :

—Oui, peut-être, mais c'est comme ça...

Je n'attendais rien de sa réponse. Mais son attitude me prouve simplement qu'il sait que cette histoire est un complot.

C'est à l'âge de quatorze ans que Léa accepte enfin de passer un week-end avec moi.

Pour ne pas la mettre mal à l'aise, j'ai loué un gîte dans sa région. Ainsi, nous serons sur un terrain neutre, ce qui sera sans doute moins intimidant pour nous deux.

La veille de nos retrouvailles, je ressens un mélange d'excitation et d'appréhension à l'idée de la revoir. J'éprouve une telle angoisse en pensant qu'elle puisse me rejeter…

Le lendemain, j'étais assise à notre lieu de rendez-vous, son père l'accompagnait. Quand je l'ai vue s'approcher, j'ai senti mon cœur battre de plus en plus fort. J'essayais de lire ses émotions sur son visage. Allais-je pouvoir la prendre dans mes bras ? Finalement, nous nous sommes retrouvées face à face, et elle a esquissé un timide sourire. J'hésitais encore un instant à l'étreindre, cherchant à apprivoiser ce moment. Puis, j'ai doucement pris ses joues dans mes mains et lui ai dit :

—Tu es magnifique, ma fille, que tu as grandi !

Enfin, je l'ai embrassée. Bien sûr, des larmes ont perlé, c'était presque plus émouvant que le jour où je lui avais donné la vie.

Sans attendre, nous sommes parties toutes les deux. J'avais enfin ma fille pour moi durant deux jours !

À la fin du week-end, avant de nous quitter, je lui ai demandé ce qu'elle penserait de venir de temps en temps chez moi. Elle m'a répondu :

—Pas trop vite, laisse-moi du temps.

Par la suite, nous avons beaucoup échangé au téléphone. Mais elle ne viendra chez moi que deux ans après nos retrouvailles.

Au milieu de mes deux derniers enfants, elle devait avoir l'impression de ne pas exister. Elle paraissait distante, ce ne devait pas être facile. Sans doute avait-elle idéalisé quelque chose de différent. Et depuis, je ne l'ai revue que cinq fois. À certaines périodes, elle ne donne plus de nouvelles, puis réapparaît soudainement. Je ne veux pas la brusquer, alors je patiente. Après tout, je n'ai pas d'autorité sur elle.

Aujourd'hui, elle a vingt-deux ans et, ce qui compte le plus pour moi, c'est que j'aie parfois mes quarts d'heure de maman.

Même si régulièrement elle s'éclipse, sans que je comprenne pourquoi, je finis toujours par recevoir un SMS inattendu où elle me dit : « Ne t'en fais pas maman, j'ai besoin de temps, mais je t'aime. »

14

Depuis le jour où je suis devenue maman, je me suis demandé s'il serait nécessaire un jour de témoigner sur mon enfance chaotique. Pendant longtemps, j'ai préféré taire mes blessures auprès de mes enfants. Peut-être était-ce pour les protéger. Maintenant qu'ils grandissent, je m'aperçois qu'il est temps de parler. Mais, encore aujourd'hui, je me sens incapable de leur raconter cette partie de ma vie de vive voix. C'est pourquoi ce récit existe. Peut-être qu'un jour, ils comprendront ?... Et peut-être que cette histoire aidera d'autres personnes...

Par ce récit, j'aimerais que vous compreniez combien le silence est destructeur. Les négligences de mes parents ont entraîné pour moi des conséquences lourdes pendant des années.

De nos jours on parle de résilience, mais chez moi cela n'a pas été une évidence. J'ai longtemps vécu dans le déni. Quand je ressentais un mal-être, de la colère ou de la peur, je n'agissais pas toujours avec raison.

Quand j'étais petite, durant la période où je subissais les viols, aucun professeur, aucun adulte compréhensif n'a su détecter mon mal-être. J'étais laissée à mon propre sort. Alors, comment aurais-je pu envisager qu'un jour, il existerait une main amicale pour me secourir ?

Après le procès, je me suis sentie seule, livrée à moi-même. Aucune mesure de soutien psychologique obligatoire n'a été instaurée. Je suis repartie dans la nature avec mes propres armes dans ce monde qui peut être impitoyable. Aurais-je dû entreprendre par moi-même de suivre une thérapie pour me soigner ?

Progressivement, jeune adulte, j'ai inexorablement perdu pied. Jusqu'à ce que toute cette agressivité que j'avais en moi se retourne contre moi.

Je me suis donc inventée une autre vie, une autre vérité, et, pendant ce temps, je ne me rendais pas compte que je me perdais. Il m'a fallu du temps pour comprendre que je n'y étais pour rien, que j'étais tout simplement une victime qui ne savait pas comment réapprendre à vivre, ou plutôt à renaître.

Si j'ai lutté pour reprendre goût à la vie normalement, en quelque sorte pour ressusciter, en revanche mon père, que je croyais plus solide, s'est laissé peu à peu submerger par cette tragédie. Il n'était plus le même. Les détails morbides de mon témoignage, qu'il avait entendus durant le procès, l'avaient achevé. Je pense qu'il était loin d'imaginer le calvaire que j'avais vécu, une souffrance inimaginable. Je suppose qu'il est tourmenté par le remords de n'avoir pas agi à temps et de n'avoir pas réglé ses comptes avec son frère de manière appropriée. Un fardeau qui maintenant le hante chaque jour de sa vie. C'était un homme joyeux, blagueur, et positif, bien plus vivant que ma mère. Puis il s'est replié sur lui-même, a fait comme si tout cela n'avait jamais existé, sans jamais affronter cette cruelle réalité, croyant pouvoir effacer par magie cette tragédie familiale. Car oui, cela n'a pas été que mon drame. Chacun a porté sa part de souffrance, chacun à sa manière a été victime. Finalement, à force de fuir la réalité, il s'est enlisé dans la dépression, s'est isolé de la société et a sombré dans la négativité. Le déni a ses conséquences, tôt ou tard.

Je peux véritablement comprendre ce qu'il ressent, car j'ai moi-même plongé dans les abîmes à force de refuser la réalité du mal qui me rongeait. J'étais piégée dans ce cercle infernal, mais ce n'est qu'au moment où j'ai trouvé le courage d'accepter la vérité que j'ai pu enfin entamer ma guérison. L'une des clés de ma résilience a été d'affronter le passé et de lui faire face, aussi douloureux que cela puisse paraître. C'est un voyage difficile, mais incontournable, pour s'en sortir.

De son côté, mon père a dû entamer un suivi psychiatrique, allant même jusqu'à faire des séjours en maison de repos. J'aimerais lui dire que peu importe ce qui s'est passé entre son frère et lui. Et tant pis si nous ne le saurons jamais. Je ne cherche plus à connaître les détails. Ce qui compte, c'est d'avancer et de profiter de ce qui reste de bon à vivre. Il est vital qu'il comprenne que le passé reste inchangé : le passé est immuable, et il faut l'accepter. Ensuite, c'est en investissant dans l'avenir que nous pouvons nous reconstruire.

Tant que je me laissais submerger par mes problèmes, j'étouffais, cherchant désespérément à respirer. Je ressassais sans cesse mon passé, vivant dans ma bulle, incapable de voir le monde tel qu'il était réellement. Un voile obscurcissait ma vision, rendant impossible de comprendre comment je pouvais vivre autrement. J'étais enfermée dans ma douleur, incapable d'affronter un monde que je percevais comme de plus en plus hostile. Je pensais qu'il me serait impossible de vivre normalement, car depuis mon enfance, les soucis avaient été mon lot quotidien. Ces ennuis s'étaient accumulés, érigeant une barrière infranchissable entre moi et le monde, qui semblait me rejeter. Je me sentais vulnérable et démunie face à cette réalité qui paraissait inatteignable. La crainte de ne pas être suffisamment normale pour vivre sereinement me tourmentait.

Puis, peu à peu, peut-être par instinct de survie, j'ai ressenti le besoin de m'ouvrir au monde, de partager mon expérience. J'ai compris que je devais exprimer ce qui me rongeait, briser le silence qui m'emprisonnait. J'ai accepté l'idée que quiconque a vécu un drame doit se confier aux autres, partager sa douleur pour la surmonter. Mon épreuve devait devenir mon alliée, et elle a forgé la personne que je suis devenue. Grâce à elle, je sais distinguer le bien du mal, elle m'a rendue différente mais adaptée à ce monde dans lequel je vis. Je ressens maintenant un besoin profond d'apporter quelque chose de positif au monde, d'aider autrui à surmonter ses propres tourments. Tout ce qui a été néfaste dans ma vie doit être transformé en une source de force et de bienveillance.

Ce n'est pas que je me suis découverte, mais je me suis retrouvée. J'ai plongé au plus profond de mon être pour retrouver cette enfant que j'étais avant ce drame. En quelque sorte, je l'ai réveillée, je l'ai laissée renaître. Et j'ai renoué avec cette petite fille que j'étais – une expérience qui a été extrêmement bénéfique. Cette enfant au fond de moi a longtemps été seule, isolée dans les recoins sombres de mon esprit. Elle était effrayée, perdue, et sa douleur était insurmontable. J'ai compris qu'elle avait désespérément besoin d'être rassurée, de sentir qu'elle n'était pas abandonnée. J'ai tendu ma main vers elle, l'invitant à sortir de l'ombre. J'ai pris le temps de lui parler, de l'écouter, de la consoler.

J'ai redécouvert mon essence, mes passions, ce qui me fait vibrer. Pendant longtemps, j'ai cru avoir oublié cette enfant en moi. Maintenant, je suis convaincue que c'est en ravivant notre enfance, en lui offrant une seconde chance, que nous pouvons réellement trouver l'épanouissement. Cette reconnexion avec mon passé m'a permis de mieux comprendre qui j'étais et qui je peux être aujourd'hui, et de m'épanouir en tant que personne. Cela m'a donné une nouvelle perspective sur la vie et sur moi-même. J'ai regagné confiance en moi, en les autres et en la vie car, sans cette confiance, il est impossible d'aller de l'avant.

Aimer les gens, rendre service, détester la tristesse et la misère, tout cela me touchait profondément. Mon désir inébranlable d'aider les autres est désormais ancré dans ma vie quotidienne, et cela donne un sens à mon existence. J'ai également redécouvert mes talents artistiques. Bien que je n'aie plus la possibilité d'envisager un avenir professionnel avec mes dons, j'ai retrouvé l'inspiration pour dessiner et surtout chanter pour les autres, de manière désintéressée, et cela me procure un immense plaisir. Ce sont des moments de bonheur simples, mais tellement épanouissants.

Est-ce que je ressens toujours de la haine envers mon oncle ? Ai-je besoin de vengeance ? En réalité, je n'ai plus le désir de consacrer mon temps à ces sentiments qui ne feraient que ranimer un mal-être. Mes cicatrices sont bien présentes et elles mettront encore du temps avant de s'estomper. Je ne peux l'ignorer, je dois vivre avec. Je sais combien j'ai dû lutter pour qu'elles se referment. Alors, j'ai appris à contrôler ces douleurs. Je préfère me concentrer sur les bonheurs que j'ai construits avec acharnement pour échapper à cet enfer qui me rongeait de l'intérieur. Je considère que si l'un de nous deux est heureux aujourd'hui, c'est moi. C'est homme mourra incapable de ressentir la moindre émotion, incapable d'expier ses fautes. Il n'a jamais pris conscience du mal qu'il a fait. Il ne s'intéressait qu'à son propre bien-être, demeurant aveugle aux valeurs et à la profondeur de la vie.

Malgré son séjour en prison, il continue de nier ses actes, mais au fond de lui, il sait. C'est impossible autrement. Ces individus portent un fardeau que je n'aimerais pas porter, j'éprouve de la pitié pour eux, non pas de la compassion ni de la miséricorde, mais une pitié teintée de mépris. Ils vivent dans l'obscurité, ignorant la douceur de la rédemption. S'il avait fait ne serait-ce qu'un pas vers la repentance, je ne sais pas si j'aurais été capable de lui pardonner. Mais au moins, il aurait eu la chance de goûter à la véritable sagesse. Je choisis de me réconforter en pensant qu'il mourra plus malheureux que moi. Même si cela peut sembler simpliste.

Si mon histoire peut aider ne serait-ce qu'une personne en souffrance, ou alerter quiconque ayant le courage de dénoncer des faits similaires aux miens, alors mon récit aura du sens. Bien que je raconte le malheur, c'est d'espoir que je veux parler. J'aimerais qu'à travers ces lignes, vous compreniez aussi qu'il ne faut pas vivre avec des préjugés. Beaucoup trop d'opinions sont fondées sur des idées qui nous arrangent, parce qu'elles pimentent la vie. De nos jours, beaucoup de personnes ne se contentent plus de leur simple réalité. Cette réalité, on a tendance à vouloir lui ajouter de la matière, parfois avec le goût du sang. Il faut que ce soit poignant, sensationnel. Lorsque vous dénigrez une personne, demandez-vous si vous n'êtes pas en train de mettre en péril son intégrité morale et publique.

Avoir été accusée à tort m'a appris à me forger une opinion personnelle sur les personnes que je rencontre, à vouloir connaître leur histoire. Peu importe leur apparence ou ce que la rumeur raconte. Je refuse de devenir ce que je méprise.

Notre monde a tendance à mettre de côté ceux qui ont emprunté des chemins de traverse. Je m'intéresse donc à tout le monde. En fait, j'ai même tendance à accorder une attention particulière aux personnes que la société met de côté. Je crois fermement que nous ne sommes pas plus intéressants ni plus dignes que quiconque pour juger ou exclure notre prochain. J'estime qu'il est de mon devoir d'apporter mon soutien à ceux que l'on marginalise. Avec ces personnes, ce qui m'importe avant tout, c'est le moment que nous partageons.

Je pense que s'intéresser aux autres sans rien attendre en retour est un moyen de se sentir plus vivant. J'ai ce besoin d'assister les autres en situation de vulnérabilité. Il m'est impossible de fermer les yeux ou de rester indifférente lorsque je vois une personne en difficulté.

J'aime participer à des activités au sein d'associations réunissant des gens pour une cause commune, contribuer à collecter des fonds pour permettre à ces associations de réaliser des projets toujours plus ambitieux. Cela favorise la cohésion sociale et maintient en vie nos villages, en apportant des sourires et de l'allégresse.

J'adore chanter, c'est ma passion. Il m'arrive d'animer des événements ou tout simplement de créer une chorale, comme je l'avais déjà fait pour le Secours catholique : je récupérais les enfants à la sortie de l'école pour préparer des représentations. Ce sont des moments de partage simples, qui procurent une intense satisfaction, renforcent nos liens sociaux et égaient notre quotidien. Le don de soi est devenu vital pour moi. Les remerciements des autres nourrissent mon bonheur, donnent un but à ma vie, m'incitent à avancer. Je ne pourrais plus m'en passer, car cela définit celle que je suis.

Avoir été victime de préjugés, jusqu'au sein des tribunaux, m'a montré combien certains professionnels de la justice sont incapables d'être impartiaux, parce que trop influencés par leur origine, leur vécu, leur idéologie. Les étudiants en droit ne semblent pas apprendre le discernement. Résultat : la justice est une sorte de loterie. Si, par malheur, vous tombez sur un juge ou un expert avec un esprit trop étriqué, alors votre destin risque fort d'être gâché. Dès lors, je me pose une question : pourquoi n'existe-t-il pas un système pour contrôler les manquements et les aberrations des tribunaux ? Visiblement, un diplôme ne suffit pas à légitimer des compétences, ce n'est qu'un laissez-passer pour exercer un métier : le talent relève de l'intelligence et du bon sens.

Maintenant que ce livre existe, je me demande ce qu'il me reste à accomplir. Ces dernières années, je ressens un besoin fondamental de m'adresser aux enfants, d'être en action. Je ne veux pas que ce récit soit une fin en soi. Il doit également servir à témoigner publiquement, en premier lieu auprès des parents, évidemment. Mais surtout, face à la jeunesse. La prévention est essentielle pour lutter contre le fléau de la pédophilie. Je souhaite sensibiliser les jeunes afin qu'ils sachent reconnaître et éviter les pièges de l'abus. C'est ma mission.

Il m'a fallu des années pour me faire entendre et encore plus pour me reconstruire. Mon souhait le plus profond est d'épargner aux enfants ce long et douloureux chemin. Je veux leur dire qu'ils ne doivent pas avoir peur de parler, qu'ils ne sont pas seuls, et que ce qui leur arrive n'est pas leur faute. Je veux leur assurer qu'ils ne seront pas jugés. Il est essentiel de transmettre ce message, mais il est tout aussi crucial de rappeler aux adultes l'importance de la communication. Ce principe s'applique à de nombreux problèmes, pas seulement à l'inceste. Il faut prendre conscience de ce qui se passe dans l'esprit d'un enfant lorsqu'il se sent abandonné et surtout quand il culpabilise. La communication peut sauver des vies et prévenir d'innombrables souffrances.

Aujourd'hui, avec mes enfants, je suis déterminée à briser le silence qui régnait dans mon enfance. Nous parlons ouvertement, ce qui était l'opposé de ce qui se passait chez mes parents. Je suis attentive au moindre changement dans leur comportement. Je leur montre de l'affection, non seulement par amour, mais aussi parce que j'ai souffert de manque d'affection. Cela crée une relation de confiance entre nous. Je suis là pour les protéger, pour leur apprendre à dire non quand quelque chose leur semble étranger. Je veux qu'ils sachent qu'ils peuvent toujours compter sur moi. Je ne leur mens pas, je ne cherche pas à leur faire peur, mais je leur explique que le monde peut être dangereux par moments et que nous, adultes, sommes là pour les défendre contre tout mal éventuel.

La vie n'est pas un long fleuve tranquille, c'est vrai. C'est un combat de tous les jours. Il y a dans notre parcours souvent des embûches à plus ou moindre grande échelle. Et j'ai appris une chose : quelle chance de respirer ! C'est lorsque l'on sort de difficultés que l'on s'aperçoit que la vie est magnifique. En vérité, le bonheur est à portée de main quand on se l'autorise, même s'il peut sembler être un mystère difficile à comprendre lorsqu'on traverse des épreuves douloureuses qui parfois semblent briser notre âme. Parfois, il faut de la détermination pour surmonter les horreurs du passé, et cela peut être considéré comme un acte de bravoure.

Ma vie aurait pu être définie par les fêlures de mon enfance, mais j'ai fini par choisir une autre voie. Plutôt que de me laisser définir par mon passé, j'ai entrepris de construire une autre réalité, de me reconnecter à la vie telle quelle est. Il m'a fallu trouver le chemin de la reconstruction, retrouver les vraies délices de la vie et évoluer avec les autres.

J'ai refusé de faire de mon enfance une fatalité, refusé que mon enfance scelle le reste de ma vie indéfiniment. J'ai découvert que nous avons tous des capacités à surmonter des épreuves et que cela peut nous guider vers un avenir plus prometteur.

Nous avons tous le pouvoir de façonner notre destin, de surmonter nos douleurs et de voir la lumière au bout du tunnel. Quelle que soit l'adversité que nous rencontrons, nous avons la capacité d'écrire de nouvelles pages heureuses, de nous découvrir des forces que nous ne soupçonnions pas et de recevoir le soutien des autres.

Chaque jour des portes se présentent à nous, et parfois nous franchissons la mauvaise. Soit l'on emprunte le chemin en affrontant les obstacles devant soi, soit l'on reste bloqué à jamais. On ne peut pas apprendre sans mouvement, il n'y a souvent pas d'autre issue que de se tromper pour grandir. Et parfois, sur notre chemin, nous croisons des êtres sans intérêt qui nous poussent vers le précipice. En vérité, malgré la douleur de la chute, il existera toujours la possibilité de se relever. Vous aurez toujours la possibilité de trouver le bon chemin, et cela, jusqu'à votre dernier souffle. Nous avons tous la possibilité de ne pas abandonner.

Épilogue

Au commencement de la rédaction de ce récit, j'ai demandé à mon père de me préciser des éléments qu'il est le seul à connaître. Lorsque j'ai voulu aborder le début de sa vie de couple avec ma mère, il se dérobait. Je soupçonnais que quelque chose lui pesait sur la conscience et qu'il était malgré tout temps de parler. Il m'a d'abord expliqué qu'il avait fait le choix du silence toutes ces années par respect pour ma mère, et qu'il craignait que l'on salisse sa mémoire. Mais j'avais besoin de savoir. Il a fini par me révéler ce dont je me doutais depuis des années.

Après la naissance de mon frère aîné Benoît, le couple de mes parents était en crise. Paradoxalement, ils souhaitaient se marier, mais mon père avait appris que ma mère entretenait une relation extraconjugale. Étrangement, elle est tombée enceinte pendant cette période. Depuis, mon père doute de sa paternité. Je ne serais donc peut-être pas sa fille biologique. Depuis quarante-cinq ans, son doute s'est mué en certitude.

Depuis, il fuit cette vérité comme un fantôme. Ainsi, il refuse de se soumettre à un test de paternité. Il ne me permettra de pratiquer un test ADN qu'à sa mort !

Maintenant, quand je rembobine le film de ma vie, j'ai l'impression que beaucoup de choses s'éclairent. J'étais une source de conflit entre mes parents, c'est pourquoi il était préférable de m'éloigner d'eux le plus possible. Et je crois comprendre pourquoi j'étais si différente physiquement et mentalement de mes frères et sœurs. Au regard de mes parents, ma présence au sein de cette famille était trop pesante.

Remerciements

À Frédéric L. : c'est grâce à toi que j'ai trouvé la motivation pour écrire ce livre. Ton soutien sans faille a été une source d'inspiration, et je t'en suis infiniment reconnaissante.

À Laurence Yvars : merci de m'avoir permis de rencontrer Erwan ; ta générosité et ton savoir-faire ont été des atouts précieux.

À Edwige Fillâtre : merci pour ton optimisme contagieux et pour l'énergie que tu donnes ; tu avais raison…

À Jean-Claude Bilherant : merci de partager ton érudition et tes critiques souvent très argumentées qui ont contribué à enrichir ce travail.

Un sincère merci à Aline Ménard et Hannelore Malicet, pour leur précieuse participation.

Je tiens également à exprimer ma reconnaissance à l'égard de l'association Enfance et Partage, particulièrement à Sophie Decis, pour leur présence et leurs réponses indispensables qui ont éclairé la rédaction de ce récit.

Un doux merci à mon mari Bruno pour son soutien dans cette aventure.

Enfin, merci à mon cher frère, dont l'éternel sourire et les blagues m'ont soutenue à chaque instant. Tu es mon pilier et le cœur de ma famille. Je t'aime plus que tout.